부르다가
내가 죽을 이름

### 부르다가 내가 죽을 이름

—

초판 1쇄  2025년 9월 20일
지은이  이정
펴낸이  김영재
펴낸곳  책만드는집

—

주소  서울 마포구 양화로3길 99, 4층 (04022)
전화  3142-1585·6
팩스  336-8908
전자우편  chaekjip@naver.com
출판등록  1994년 1월 13일 제10-927호
ⓒ 이정, 2025

—

* 본 도서의 판권은 저작권자와 책만드는집에 있습니다.
  본 도서 내용의 전부 또는 일부를 재사용하려면 양측의 동의를 받아야 합니다.
* 잘못 만들어진 책은 구입하신 서점에서 바꾸어 드립니다.

—

ISBN 978-89-7944-904-4 (03810)

# 부르다가
# 내가 죽을 이름

이정 장편소설

책만드는집

| 추천사 |

## 시인 김소월의 귀환을 반기며

윤효 시인·전 오산중학교 교장

　20세기는 우리 겨레에게 참으로 다사다난했습니다. 온갖 모진 국난을 줄지어 겪어야 했습니다. 그런데 헤아려보면 그 백 년은 가히 용광로였습니다. 파란만장한 서사를 딛고, 그것도 세계사에서 유례를 찾을 수 없는 금자탑을 지구촌 한복판에 우뚝 세웠으니까요. 각각의 시대상을 수렴하는 그 용광로 속 연단의 말들을 꼽아볼까요? 국권 상실, 해방, 분단, 기아, 전쟁, 독재, 산업화, 민주화, 정보화, 선진화, 세계화……. 조선왕조의 끝자락에서부터 최첨단 현대 문명의 정점에 이르기까지 그 험난한 여정을 우리 겨레는 그렇게 행군해 왔습니다.

　일제의 서슬이 시퍼렇던 20세기 초, 봄이 오면 서럽게도 그 헐벗은 강토에 새잎이 돋고 꽃이 피었습니다. 1902년 한반도의 서북쪽 평북 구성 외가에서 태어나 정주 본가에서 자란 소년이 있었습니다. 소년은 열두 살에 남산학교를 마치고, 3·1운동이 일어난 1919년 열여덟 살이 되어 오산五山학교를 졸업할 때까지 사무치는 순정과 시심, 남다른 민족의식을 절절히 익혔습니다. 스물한 살 되던 1922년, 단연 한국 현대시사의 백미인 시「진달래꽃」을 발표합니다. 산하를 온통 붉게 물들이던 그 진달래를 우리 겨레 고유의 감수성과 표현을 통해 돌올한 절창으로 빚어낸 것입니다. 1925년, 스물네 살의 시인은 총 127편을 묶어 시집을 출간합니다. 바로 불멸의 시집『진달래꽃』입니다. 오산학교에서 스승 안서 김억을 만나 시작에 대한 가르침을 받은 지 10년 만의 결실이었다니 놀라지 않을 수 없습니다.

1920년대는 이제 막 현대문학의 싹을 틔워가던 여명기였습니다. 그러한 시기에 우리나라 현대문학 백 년사를 통틀어 고전 중의 고전으로 평가받는 두 권의 시집이 기적처럼 출현합니다. 바로『진달래꽃』과 1926년 간행된 만해 한용운의『님의 침묵』이 그것입니다. 충남 홍성에서 태어나 주로 남한에서 활동한 한용운(1879~1944)의 행적에 비하면 김소월의 생애는 알려진 것이 거의 없다시피 합니다. 문인들과의 교유와 서울 나들이를 좀체 하지 않은 채 서른셋을 일기로 요절한 탓이겠으나 매우 안타까운 일입니다. 우리 겨레가 가장 사랑하는 시인의 생애를 몇 가지 개념적인 진술만으로 얼버무릴 수는 없는 일인데도 말입니다.

 좀처럼 달랠 길 없는 이 아쉬움을 헤아렸는지 김소월 시인이 백 년의 시공을 건너 직접 찾아왔습니다. 지나는 길에 그냥 잠시 들른 것이 아니라 자신의 전 생애 그 하루하루 속에 간단없이 굽이쳤던 희로와 애환을 모두 데리고 우리 곁에 왔습니다. 아버지와 집안의 불행도 감추지 않고, 소녀와 나누었던 비련의 사랑도 숨기지 않고, 유학차 잠시 머물렀던 일본 도쿄에서 겪어야 했던 관동대지진과 그때 일본인들이 우리 겨레에게 벌였던 잔혹한 폭력의 양상도 고스란히 들려줍니다.

 때마침 올해 2025년은 시집 『진달래꽃』이 출간 백 주년을 맞이한 뜻깊은 해입니다. 우리나라 시문학을 대표하는 시집으로서 줄곧 그 찬란한 가치와 위상을 지켜왔듯 『진달래꽃』

은 앞으로도 우리 말글과 함께 그 찬란한 광휘를 이어가게 될 것입니다.

　민족 문학의 반석 위에 불멸의 시집을 바치고 떠난 시인이 우리 곁으로 다시 돌아올 수 있도록 길을 터준 소설가 이정 선생의 노고에 깊이 감사드립니다.

　「진달래꽃」 말고도 「엄마야, 누나야」 「못 잊어」 「금잔디」 「먼 후일」 「산유화」 「예전엔 미처 몰랐어요」 「초혼」 「접동새」 「바라건대는 우리의 보습 대일 땅이 있었다면」 등 수많은 명작을 남긴 위대한 시인에게 이제는 우리가 존경과 감사와 사랑의 인사를 전할 차례입니다. 온 겨레에게 『부르다가 내가 죽을 이름』의 일독을 권합니다.

## 차례

추천사_윤효  4

프롤로그  11
1장 김억과의 만남  21
2장 거미줄과 잠자리  53
3장 3·1독립운동과 폐교  101
4장 배재고보 시절과 도일  141
5장 귀국과 생업  193
6장 이별  255
에필로그  275

김소월 연보  286
작가의 말  289

프롤로그

1

**1934년, 평안북도 구성군 서산면 남시**

　주막 창문에서 새어 나온 불빛이 거리를 희미하게 밝혔다. 어느 집 지붕에서 뜯겨 나온 이엉 부스러기가 눈보라에 섞여 도깨비처럼 날아다녔다. 잎새를 떨군 큰 나무들과 건물들이 으웅으웅 울었다. 강풍을 동반한 폭설로 상점들은 일찍 문을 닫았다. 애초에 아무것도 없었던 듯 거리는 난폭한 눈보라의 차지가 되었다.
　비틀거리며 걷는 정식素月 金廷湜이 어느 상점 창문에서 새어 나온 불빛 안으로 모습을 드러냈다. 두루마기 옷고름이 풀어져 맹렬히 펄럭였다. 정식이 엉덩방아를 찧으며 바닥에 주저앉았다. 장갑도 끼지 않은 손으로 아픈 엉덩이를 문질러댔다. 옆에 있는 이정표에 의지해 일어나려고 손을 뻗었다. 몇 번이나 헛손질했다. 이정표 네 면에 화살표와 함께 쓰인 검은 글자들이 어렴풋이 보였다. 한 면은 '의주'라고 쓰였고, 한 면은 '정주'라고 쓰여 있었다. 이정표를 부여잡고 기어코 일어섰다.

"이놈아, 네가 가르쳐주지 않아도 돼. 내가 갈 곳은 내가 잘 알아."

정식이 중얼거리며 걸음을 옮겼다. 두루마기가 줄에 널린 빨래처럼 다시 펄럭였다. 불빛을 채 벗어나지 못하고 또 쭈룩 미끄러졌다. 그때 가까운 곳에서 하얀 빛줄기가 눈발을 헤치며 다가왔다. 몸을 일으키다 만 정식이 멍하니 빛줄기를 바라보았다. 바투 비추는 빛줄기가 정식의 얼굴에 닿았다. 정식은 눈이 부셔 손바닥을 이마 위로 올렸다.

"주정뱅이 군인 줄 알았어. 이젠 길 위에 엉덩이로 시를 쓰나?"

누군지 알 만한 목소리였다. 검은 제모에 외투를 걸치고 허리에 찬 장칼을 덜그럭거리며 거리를 누비는 후지모토 순사였다. 자전거를 놔두고 늦은 귀가를 하는가 보았다. 주저앉은 정식의 몸을 빛이 천천히 훑었다.

"순사 나으리, 날 훼방하지 마시오. 편히 쉴 곳을 찾는 중이오."

정식이 빈정거렸다.

"여기는 아니네. 내일 아침에 양지바른 산기슭을 찾아보는 게 좋겠어."

빛이 다시 흔들리더니 점점 멀어졌다. 정식이 이정표를 부여잡고 겨우 일어섰다. 비틀비틀 걸음을 떼었다.

"개 같은 놈. 아냐. 개만도 못한 놈."

정식이 어둠 속으로 가물가물 사라지는 빛을 향해 뇌까렸다.


## 2

눈발은 줄지 않았다. 반쯤 열린 대문 안으로 정식이 들어섰다. 쿵 소리가 날 정도로 몸을 문짝에 세차게 부딪혔다. 안에서는 기척이 없었다. 처마 끝에서 요동치는 풍경만이 마루에 매달린 호롱불에 설핏설핏 비쳤다. 정식은 댓돌에 주저앉아 신발을 벗고 마루로 기어올라갔다.

"정호正鎬 엄마!"

안방 미닫이문을 열었다. 방 가운데에 켜놓은 남폿불이 바람에 흔들렸다. 아내는 남폿불 아래 아랫목에 잠들어 있었다. 여태 귀가하지 않은 남편을 깡그리 잊은 자태였다. 만약 지금 깨운다면 허구한 날 술 취해 늦게 들어오는 남편을 기다리다가 지친 지 이미 오랜 세월이 흘렀다는 것을 아직도 모르느냐고 당당히 맞서리라. 셋째 아들 정호 역시 엄마 팔 안에서 잠들었다. 아내의 저고리가 벙긋 열렸고, 그 사이로 도톰한 젖이 삐져나왔다. 잠들기 전까지 정호가 엄마 젖을 빨았는가 보았다. 방 안으로 기어들어 온 정식이 벽을 지탱하고 앉았다.

"정호 엄마!"

대꾸가 없을 것을 알면서 다시 불렀다.

"내 말 들으오? 모두 나를 떠났단 말이오. 순吳順이 누이가 떠나더니 시詩도 떠났고, 돈도 떠났소. 내 가장 친한 동무 배찬경裵讚景이조차 오늘 조국을 되찾겠다며 조국을 떠났소. 이젠 내가 나를 떠날 차례가 되었구려. 떠나는 것들은 다 이유가 있소. 말로는 다 못 할 하고많은 이유가 있소."

정식이 아내를 물끄러미 내려다보았다. 그러다가 허리를 굽혀 아내의 얼굴을 쓰다듬었다.

"들소? 내가 떠난단 말이오. 편히 쉴 곳을 찾아 떠난단 말이오."

눈물이 볼에 길을 내며 흘렀다. 그것이 턱 밑에 방울로 맺혔다.

"미안하오. 난 당신과 가장 가까이에 있으면서 가장 멀리 떨어진 사람처럼 살았소. 고백하건대 난 관습과 의무로 당신과 함께했소. 돌이켜 보면 순이 누이와 한때의 교유가 내가 살며 경험했던 참사랑이었소. 사랑은 달라고 하지 않아도 주는 것이오. 주려고 하지 않아도 받는 것이오. 이별을 다짐해도 그리움을 남기는 것이오."

턱에 맺힌 눈물방울 하나가 아내의 머리 위로 떨어졌다.

"내가 당신에게 남겨줄 거라고는 옛 남편 김정식이란 구차한 이름뿐이군요. 정호 엄마, 그걸 유산으로 끌어안고 혼자서 살겠소? 대답해 보오."

정식이 아내의 어깨를 흔들었다. 어깨는 흔들면 흔드는 대로 움직일 뿐이었다.

"그럼 내가 먼저 가오. 뒤따라오면 다시 만나 우리 함께 삽시다. 지우려 해도 지워지지 않던 사랑이, 내 삶의 온갖 오욕이, 비겁함이 거기선 깡그리 지워질 거요. 관습과 체면을 앞세워서 하고 싶은 일 하지 못하게 하는 사람도 없고, 전전긍긍 빌어먹는 가난도 없을 거요. 식민지 청년의 비애도 없을 거요. 우리 진달래꽃처럼 붉은 사랑을 나누고, 아침 이슬처럼 맑은 영혼을 나누며 삽시다. 내가 오롯이 당신 몫이 되도록, 당신이 오롯이 내 몫이 되도록……. 정호 엄마, 기다리겠소. 꼭 다시 만나오."

정식이 두루마기 주머니를 뒤적였다. 흰 종이에 싼 것을 꺼내 펼쳤다. 밤톨만 한 검은 알약 네 개가 나왔다. 그것을 손바닥 위에 올려놓았다.

"자, 세상 사람들이여……."

정식은 손바닥을 들여다보았다.

"소월 김정식의 시간은 이 순간으로 마감됩니다. 모두, 모두 안녕히!"

단숨에 약들을 입안에 털어 넣었다. 결심이 바뀌지 않도록 우둑우둑 씹었다. 이내 눈빛이 거슴츠레해졌다. 무너지듯 방바닥에 모로 누웠다. 세상사가 모두 끝났다고 다짐하듯 두 눈을 감았다.

1장   김억과의 만남

# 1

### 1915년, 평안북도 정주군 곽산면 남단동

 연초록 산록 구석구석에 진달래꽃이 만발했다. 매서운 북풍과 차가운 눈보라를 견디던 진달래가 나 살아 있다고 함성을 지르는 듯했다. 소년 정식은 석양에 타오르는 꽃들을 바라보며 남산 옥녀봉에 올랐다. 마을 사람들이 냉천이라 부르는 폭포가 저만큼 보였다.
 "아악, 악!"
 젊은 남자의 절규가 아스라이 들렸다. 정식은 소리에 이

끌려 그만 산 그림자에 묻힌 아랫마을을 돌아보았다. 차츰 부옇게 밝아오는 자신의 집이 마을 가운데에 돋보였다. 좌우에 사랑채와 헛청을 거느린 기와집 앞마당에서 횃불이 하나둘 돋아나고 있었다. 소란을 예감하고 소란을 피해서 산으로 왔다. 하지만 소란이 산까지 따라왔다.

"아악, 악!"

짐승의 단말마처럼 절규가 거칠었다. 절규를 감추려는 듯 북소리가 점점 커졌다. 할아버지 김상주金相疇가 아버지 김성도金性燾를 밧줄로 사지를 묶어 마당 가운데에 엎어놓고 굿을 벌이는 중이었다. 무당 지시에 따라 머슴들이 아버지 엉덩짝에 몽둥이를 휘두를 터였다. 이번이 벌써 세 번째 굿이었다. 정식은 머릿속으로 파고드는 살풍경을 지우기 위해 고개를 절레절레 흔들었다. 아버지의 병은 이미 만성화되었다. 그래도 계절 행사가 된 굿판의 폭력에는 익숙해지지 않았다. 할머니도, 어머니 장경숙張景淑도, 첫째 작은아버지 김응열金應悅과 계희영桂熙永 부부도 다름없을 터였다. 집에는 3대에 걸쳐 열 명이 넘는 식구가 함께 살았다. 정식은 계속 발걸음을 옮겼다.

쏴아, 폭포수가 떨어지는 소리가 요란했다. 냉천을 바투 앞에 두고 정식은 걸음을 멈추었다. 폭포수가 하얀 명주 자락처럼 휘날렸다. 새봄이 불러온 기운을 감싸안으려는 듯 정식은 두 팔을 활짝 벌렸다.

> 엄마야, 누나야 강변 살자
> 뜰에는 반짝이는 금모래 빛
> 뒷문 밖에는 갈잎의 노래
> 엄마야, 누나야 강변 살자
>
> −「엄마야, 누나야」 전문

집에서 조금 전까지 다듬은 자작시를 읊었다. 마을 강변을 지나다가 떠오른 느낌에다가 가슴에 고여 있던 소망을 얹었다. 정말 금모래 반짝이고 갈잎이 수런수런 노래 부르는 강변에 살면서 집안에 이내처럼 번져 있는 시름에서 벗어나고 싶었다.

가까운 바위 위에 걸터앉았다. 냉천에 오면 언제나 앉는 자리였다. 주머니에서 피리를 꺼내 입에 물었다. 피리 소리가 진달래 숲과 냉천을 감돌아 옥녀봉 주위로 퍼져나갔다. 답답함이 새봄의 환희로 조금씩 바뀌는 듯했다.

얼마의 시간이 지났을까. 인기척을 느낀 정식이 연주를 멈추고 귀를 세웠다. 물줄기가 떨어지는 소리가 다시 쏴아 울려 퍼졌다. 그 속에 낙엽을 밟는, 귀에 익은 소음이 섞여 있었다. 뒤를 돌아보았다. 진달래꽃들만 봄바람에 산들거렸다. 일어나서 숲을 찬찬히 살폈다. 진달래꽃 무더기와 나무들 사이에서 하얀 저고리 위에 붉은 댕기가 치렁거리는 소녀의 윗몸이 눈에 들어왔다.

"순이 누이!"

정식이 소녀를 불렀다. 붉은 댕기를 맨 모습이 온전히 드러났다. 기다리던 오순이었다. 오순이 팔을 벌리고 정식에게 다가왔다. 정식은 오순을 향해 달려갔다. 그런 기세로 오순에게 안기려 했다. 하지만 오순이 팔을 오므려 몸을 피했다. 정식이 앞으로 고꾸라질 듯 휘청댔다.

"에그, 넘어질라."

오순이 얼른 정식의 팔을 붙잡았다. 정식은 그 틈에 와락 오순에게 안겼다. 오순도 팔을 벌려 정식을 감싸안았다. 정식의 몸에 닿은 오순의 가슴이 무척 부드러웠다. 사실 정식은 가슴뿐 아니라 오순의 몸 어디든 세상에서 가장 부드러운 촉감을 지녔다고 믿었다. 그것을 느끼고 싶은 갈망이 강변에서 살고 싶은 소망과 어우러지면 들꽃 향기가 번져오는 것 같은 행복감이 온몸을 감쌌다.

"곧 떠난다며?"

오순이 팔을 풀며 근심이 섞인 목소리로 물었다. 정식이 고개를 끄덕였다.

"누이, 저 진달래꽃을 봐. 봄이 되자 저렇게 예쁜 모습으로 다시 피어났어. 나도 방학이 되면 더 늠름한 모습으로 누이 앞에 짜안, 나타날게."

정식은 꽉 쥔 주먹을 들어 보였다. 그것이 남자다움을 나타내는 방법의 하나라고 알고 있었다. 팔근육이 미미하게 볼록거렸다.

집안에 먹구름이 짙어질수록 정식은 오순에게 마음을 쏟아왔다. 남산학교(초등학교) 3학년 때 선생님인 서춘徐椿은 두 사람을 자기 집으로 불러 동화책을 읽어주곤 했다. 오순을 거기서 처음 만난 이래 어느덧 세 해가 넘었다. 그동안 냉천이 보이는 이 자리에서 둘만의 비밀의 시간을 늘려왔다. 함께 노래를 부르고, 시를 읊었다. 손을 맞잡고, 가슴의 콩닥거림을 즐겼다. 오순에 관한 것이라면 오순에게는 쓸데없는 것일지라도 정식에게는 가장 중요한 것이 되었다. 오순이 손을 내저으면 내저을수록 오순은 정식의 마음속에서 쑥쑥 커갔다. 오순은 정식을 붙잡지 않을 것 같은 태도를 보였지만, 정식은 오순에게 꽉 붙잡혔다. 작년에 장가를 간 마을 동무 배찬경은 그런 것이 사랑이라고 했다. 사랑은 셈하고 약속해서 만들어지기보다는 지순한 감정으로 시작해 들불처럼 번지는 것이라고 제법 삶의 운행 법칙을 아는 체했다. 정식은 이제 오순과의 만남이 밝은 햇살 아래에서 이루어져도 괜찮을 때가 되었다고 생각했다.

"네가 아무리 그리 말해도 이제 너는 나를 영영 마주하지 못할 거야. 네가 지금 그런 길로 용감무쌍하게 돌진하고 있는 거야."

오순의 대답은 흔쾌하지 않았다. 정식은 오순의 부정적 언사 뒤에 숨긴 뜻을 알았다. 네 할아버지 명을 너는 거역할 수 없어. 혼인은 집안 어른들이 결정하는 것이니까. 하지만 정식은 할아버지는 다르다고 믿었다. 할아버지는 경성(서울)에 내왕하면서 개화 문명에 남보다 일찍 눈을 떴다. 곽산 지방에서는 가장 먼저 상투를 잘랐다. 집안 모든 남자에게 단발을 하도록 했다. 갓 대신 중절모를 쓰고 개화장開化杖이라고 불리는 짧은 지팡이를 들고 나다녔다. 농사를 본업으로 삼던 지주지만, 시류에 밝아 많은 돈을 투자해 구성 조악동에서 금광맥을 탐사하는 중이었다. 성공하면 금광 경영이 본업이 되리라. 오순은 아주 먼 후일 밤하늘에 반짝이는 어느 별로 둘 중 하나가 떠날 때까지 동반자가 되어야 할 사람이었다. 사실 두 사람이 혼인에 대해서 말을 나눈 적은 한 번도 없었다. 정식의 생각이 저절로 그만큼 발전했을 뿐이었다. 오순 또한 능히 그리 변했으리라 믿었을 뿐이었다.

"자주 온다니깐."

정식은 자신의 말을 오순이 정말 믿지 못할까 안타까웠다. 가난한 소작농 집안에서 태어난 오순은 더구나 의붓어머니 밑에서 자랐다. 아래로 동생이 다섯이나 되었다. 그래도 오순이 영민하다 하여 뒤늦게 남산학교에 보냈다. 가난한 소작농이, 더구나 딸을 학교에 보낸다는 것은 여간 어려운 결단이 아니었다. 오순의 나이는 정식보다 한 살 위였지만, 학년은 세 학년 아래였다.

정식의 머릿속에는 오순의 가정 형편이나 출신 성분이 장애물로 자리 잡을 여지가 없었다. 소망이 강력했으므로 소망 이외의 것은 군더더기에 지나지 않았다. 원해도 이루어지지 않는 일이 있다는 사실을 아는 나이에 접어들고 있었지만, 아직 실감하지 못했다.

정식이 새끼손가락을 내밀었다. 오순이 장난스럽게 정식의 새끼손가락에 자신의 새끼손가락을 걸었다. 오순의 진심과 근심이 그런 식으로 드러나고 있음을 정식은 느꼈다.

"누이, 여름방학을 하면 제꺽 달려올게. 학교를 졸업할 때쯤에는 우리가 한 지붕 밑에서 한 가족으로 사는 거야."

"공부 열심히 해야 돼."

오순이 댕기를 풀어 정식의 손목에 매주었다. 정식은 겸연쩍었지만, 오순이 말하지 않은 말을 들은 듯해서 기분이 한결 펴졌다.

남산학교를 졸업하고 두 해나 쉰 정식은 정주 갈산면에 있는 4년제 중등 과정인 오산학교로 진학하기로 했다. 할아버지는 탐사 현장에서 금광맥이 설핏설핏 이어지자 희망에 차 있었다. 성공이 기지개를 켤 때가 되었다고 믿고 정식을 객지로 유학 보내기로 결정했다. 오산학교는 1907년 독립운동가 이승훈南岡 李昇薰이 민족 인재를 기르고자 사재를 털어 설립한 근대 교육기관이었다. 정식이 사는 곽산에서 오산학교까지는 산을 사이에 두고 3, 40리나 떨어져 있었다.

    엄마야, 누나야 강변 살자
    뜰에는 반짝이는 금모래 빛
    뒷문 밖에는 갈잎의 노래……

정식이 목소리를 키워 다시 한번 자작시를 읊조렸다. 사그라져 가는 붉은 낙조 사이로 서해에 떠 있는 신미도의 운종산이 실루엣으로 보였다. 정식의 목소리가 먼바다로 퍼져 나갔다. 오순이 정식의 손을 힘주어 잡았다.

"아아, 악!"

잠시 관심 밖으로 밀려났던 아버지의 절규가 다시 불쑥 돋아났다. 정식의 사정을 아는 오순이 정식을 감싸안았다.

정식은 오순의 품에 얼굴을 묻으며 귀를 막았다.

2

 마당 위에 파란 하늘이 펼쳐졌다. 대문 옆 가죽나무의 앙상한 가지 위에서 까치 서너 마리가 깡충깡충 뛰어다녔다. 정식에게 기쁜 일이 있는 날임을 아는 모양이었다. 큰 가방을 들고 마당 가운데에 선 정식의 앞자락 위로 늘어진 털목도리를 어머니가 추슬러주었다.
 "네 애비 경우를 봐서라도 행동거지를 각별히 조심하거라."
 정식이 작별 인사를 하자 할아버지가 당부했다. 정식을 전송하러 나온 할머니와 어머니, 첫째 작은아버지 부부 모두 꼭 할아버지 말대로 해주기를 바라는 당부의 눈빛을 보냈다. 아버지는 울타리 곁에서 수챗구멍을 들여다보면서 히쭉히쭉 웃고 있었다. 엉덩이까지 흘러내린 바지춤을 한 손으로 붙잡고서. 어머니가 틈틈이 매무새를 고쳐줘도 이내 그 꼴이 되었다. 아버지는 오래전 경의선 철도 공사를 하는 일본인 작업반장에게 큰 봉변을 당했다. 집안사람들한테 여러 차례 그 이야기를 들었다.

　정식이 태어난 지 열이레 되는 날, 아버지는 정식을 보려고 구성의 처가로 향했다. 첫아이는 처가에서 낳는 것이 이 지방 풍습이었다. 떡과 미역, 장닭을 말 등에 싣고 머슴을 앞세워 굴고개 마루턱을 넘었다. 골안개가 자욱했다. 저만큼 아래 산비탈을 깎은 곳에 적잖은 수의 노동자들이 일하는 모습이 언뜻언뜻 보였다. 말로만 듣던 경의선 부설 공사 현장이었다. 거기를 지나가기가 꺼림칙했다. 공사판에서는 일본인과 조선인이 반반씩 섞여 일했는데, 일본인들의 행패가 극심하다는 소문이 자자했다. 머슴은 그런 소문에 아랑곳하지 않고 말고삐를 당기며 앞장서 갔다. 노동자들은 대여섯 명씩 조를 이루어 곡괭이로 바위를 부수거나 들것에 돌과 흙을 담아 나르는 중이었다.

　아버지는 머슴에게 공사판을 에도는 콩밭 옆 샛길로 가라고 일렀다. 골짜기에 비해서는 옅으나마 안개가 어느 정도 가려주어 다행이었다. 공사 현장을 막 벗어나 한숨을 돌렸다. 그런데 갑자기 말 등에 실은 장닭이 날개를 퍼덕이면서 꼬꼬댁꼬꼬댁 울었다.

"저 개자식 봐라."

일본인 작업반장이 고개를 쳐들고 소리를 질렀다.

"새로 닦는 철길을 조선 놈이 먼저 건너다니. 재수 없게 장닭까지 울다니."

작업반장은 성이 발끈 났다. 작업반장의 목소리를 신호로 노동자들이 우르르 몰려왔다. 앞을 가로막았다. 쉴 기회를 찾던 차에 잘됐다는 듯 욕설을 퍼부으며 아버지와 머슴을 주먹으로 치고 발로 찼다. 어떤 자는 곡괭이 자루를, 어떤 자는 삽자루를 휘둘렀다. 하도 여러 사람이 덤벼드는 통에 아버지와 머슴은 저항할 수조차 없었다. 잠깐 사이 옷이 갈가리 찢기고 온몸이 피투성이가 되었다. 네 활개를 펴고 땅바닥에 뻗었다. 말은 놀라 펄쩍펄쩍 뛰며 달아났다. 말 등에서 굴러떨어진 떡이며 과일, 미역이 철길 위에 나뒹굴었다. 장닭은 저만큼 길섶으로 날아가 천방지축으로 날뛰며 꼬꼬댁 꼬꼬댁 울었다. 노동자들이 흩어진 떡과 과일을 주워 먹었다. 아버지와 머슴은 한참 만에야 간신히 몸을 수습했다. 머슴이 산비탈 버드나무 숲에 숨은 말을 찾아왔다. 가다 쉬다

반복하며 저녁참에야 집으로 돌아왔다.

  행패는 여기서 그치지 않았다. 철길 공사에 동원된 노동자가 부족했다. 일본인 작업반장들은 마을을 돌며 젊은 남자들에게 부역에 나올 것을 강요했다. 남산 옥녀봉 아래에서 가장 큰 집인 정식의 집에도 작업반장 둘이 찾아왔다. 아버지는 그중 하나가 자신을 폭행한 자임을 단박에 알아보았다. 그자 또한 아버지를 바로 알아보았다.

"이놈이 그 재수 없는 놈이로군."

  대뜸 아버지의 멱살을 낚아채 마당에다 메어꽂았다. 그렇지 않아도 증오심이 활활 타오르던 터였던 아버지는 몽둥이를 주워 들고 맞섰다. 어머니가 뛰어와 아버지 앞을 가로막았다. 그 틈을 타 작업반장 둘이 합세하여 몽둥이를 빼앗았다. 골병을 치료 중이던 아버지는 제대로 덤비지도 못하고 붙잡혔다. 작업반장 둘은 아버지를 나무에 묶고 몽둥이로 사정없이 내리쳤다. 징이 박힌 작업화를 신은 발로 마구 찼다. 아버지의 입에서 신음이 새어 나왔다. 집에는 여자들만 있었다. 나서서 울며불며 말렸지만, 속수무책이었다.

그 뒤 아버지의 골병은 울화까지 겹쳐 큰 병이 되었다. 우두커니 먼 하늘을 바라보며 소일했다. 어쩌다 정신이 들면 주막에 나가서 폭음했다. 아버지의 행동거지가 보통 사람과는 거리가 멀다는 것을 마을 사람이면 누구나 차차 알게 되었다.

할머니가 다가와 정식의 손을 모아 쥐었다.

"이젠 배우지 않으면 상놈이 되는 세상이 되었단다. 가세가 예전만 못해도 할아버지가 너를 상급 학교에 보내겠다는 뜻을 세운 것이니 할아버지 당부 말씀을 명심하거라."

정식은 할머니 뒤에 선 가족에게도 고개를 숙여 작별 인사를 했다. 아버지는 여전히 수챗구멍을 골똘히 쳐다보고 있었다. 아버지의 뒷모습을 잠시 바라보는 것으로 아버지께 인사를 대신하고 정식은 대문을 나섰다. 어머니가 정식의 일용품이 든 보퉁이를 들고 뒤따랐다.

동구 밖 오래된 느티나무 아래에 다다랐다. 정식은 어머니로부터 보퉁이를 받아 들었다.

"너는 장손인 데다 외아들이다."

어머니는 그 한마디 안에 하고 싶은 말이 다 함축되어 있다는 듯 다른 말은 보태지 않았다. 사실 정식이 오산학교에 들어가기로 결정된 뒤부터 당부의 말을 이미 많이 했다. 정식 밑으로 딸 인저金仁姐가 있지만, 아버지 병이 예사롭지 않자 아들을 우선시하는 풍습대로 외아들인 정식에게 각별히 마음을 쏟았다. 그래도 자식과 처음 작별을 나누는 아쉬움과 걱정 때문에 하고 또 해도 미덥지 않을 말들을 애써 참는 눈치였다.

3

**1915년, 평안북도 정주군 갈산면**

나팔 소리가 요란하게 빈 하늘을 갈랐다. 북소리가 쾅쾅 뒤를 이었다. 침묵이 깨지면서 교정에 활기가 돌았다. 흰 저고리와 검정 바지를 입고 팔을 번쩍번쩍 치켜드는 학생들의 대열이 교사校舍 전면에 줄지어 선 선생님들 앞을 지나가기 시작했다. 악대는 대열의 맨 앞에 서서 힘차게 서양식 행진곡을 연주했다.

정식은 배찬경과 한 줄에 섰다. 사열대 앞을 지나간 행렬이 선생들로부터 점차 멀어졌다.

"왜 이 짓을 하지? 왜놈들이 식민 지배를 편하게 하려는 수작에 우리가 놀아나는 거라고."

배찬경이 투덜대며 가래침을 탁 뱉었다. 정식은 배찬경의 작은아버지를 떠올렸다. 배찬경과 함께 남산학교에 다니던 시절, 경성에서 측량기사로 일하다 귀향한 작은아버지는 남산학교 일본인 여선생이 진고개 유곽에서 버젓이 몸을 팔던 기생임을 알아챘다. 작은아버지는 유곽 근처에서 하숙했었다. 작은아버지로부터 비롯된 소문이 마을 고샅을 휘돌아 근동에까지 퍼졌다. 어떤 이들은 작은아버지와 같이 잠자리를 가진 여자라고까지 부풀렸다.

"기생이 선생이라니 말이 되오? 일본 놈들은 아이들에게 기생 교육까지 시킨단 말이오?"

마을 유지들과 남산학교 교장이 모여서 대책을 논의했다. 일본인들은 터무니없는 말로 반일 사상을 고취한다고 여선생을 비호했다. 그런데도 여론은 여선생에게 점점 더 불리해졌다. 결국 여선생은 짐을 싸서 학교를 떠났다.

며칠 뒤 일본 헌병 셋이 배찬경네 집에 들이닥쳤다. 작은아버지를 체포해 끌고 갔다. 곽산 읍내가 바라보이는 고개에 다다랐을 때 헌병들이 다리쉼을 하며 담배를 피웠다. 그 틈을 타 작은아버지는 산속으로 도망쳤다. 마침, 땅거미가 짙어진 뒤였다. 헌병들이 산을 구석구석 뒤졌다. 끝내 찾지 못했다. 작은아버지는 그 길로 만주로 피신했다. 돈화에서 정미소를 운영하면서 독립군의 자금줄 노릇을 하고 있다는 소문이 들렸다.

정식은 배찬경에게 맞장구를 치지 않았다. 공감하면서도 섣불리 민족 학교임을 자부하는 오산학교까지 일본 제국주의자들의 책략에 놀아나고 있다고 수긍하기 싫었다.

"줄이나 잘 맞춰."

"나도 너처럼 세상이 어떻게 돌아가는지 모른 채 태평할 수 있었음 좋겠다."

배찬경이 비꼬았다. 주위의 동무들조차 정식에게 비웃는 눈빛을 보냈다.

"나도 너처럼 함부로 지껄일 수 있었음 좋겠어."

그때 날카로운 호각 소리가 귓청에 파고들었다. 제식훈련

담당 교사가 쫓아와 지휘봉으로 정식의 등짝을 후려쳤다. 일시 파견 나온 일본인이었다. 대열이 우르르 한쪽으로 쏠렸다. 교사는 더욱 화가 났다. 정식은 교사의 억센 손아귀에 귀때기를 잡혀 대열 밖으로 끌려 나갔다. 박달나무로 만들었다며 자랑하고 다니던 지휘봉으로 등짝이며 엉덩짝을 사정없이 맞았다. 그러고도 교정 구석에서 무릎을 꿇고 두 손을 들고 있어야 했다.

"왜놈이 그만 일어나래."

제식훈련을 모두 마치자, 배찬경이 찾아왔다. 손을 잡아 일으켜 세웠다. 자신 때문에 당한 봉변인데, 사과 한마디 하지 않았다. 사과를 기대하는 자신이 되레 잘못을 깨닫지 못하는 사람 꼴이 되었다. 정식은 속이 뒤틀려 배찬경을 밀치고 앞장서 교실로 향했다. 조선인이라고 함부로 대하는 일본인들이 싫었지만, 당장은 배찬경이 더 싫었다.

4

학교 울타리 둘레에 선 오래된 미루나무가 바람을 탔다.

초록 이파리들이 윤슬처럼 끊임없이 반짝였다. 먹이를 입에 문 노란 물새 한 마리가 이파리들 사이로 들락거렸다. 새끼들이 먹이다툼을 하느라 아우성치는 소리가 아련히 들렸다. 아우성으로 시작되는 생활이 그리움으로 시작되는 사랑과 닮은꼴일까? 먹이를 원해서 아우성치고, 사랑을 원해서 애달파하고. 부족은 충만을 갈구하는 법. 그렇다면 충만은 어디가 그 한계일까?

조선어 시간. 김억岸曙 金億이 학생들 사이를 돌아다니며 숙제 검사를 했다. 김억은 젊었지만, 조선 신시단의 개척자로 이름을 알리고 있었다. 오산학교 4회 졸업생으로, 입학한 해로 치면 정식의 8년 선배였다. 일본 게이오의숙慶應義塾 문과를 다니다가 이태 전 아버지의 갑작스러운 죽음으로 학업을 중단했다. 고향에 돌아온 참에 모교인 오산학교 교사가 되었다. 창밖에 한눈을 팔던 정식은 정신을 가다듬었다. 어느새 김억이 앞에 와 있었다. 정식의 노트를 물끄러미 들여다보는 중이었다. 노트를 얼른 덮으려 했지만, 김억의 손이 먼저 노트를 집어 들었다. 김억이 노트를 한참 더 들여다보았다. 정식은 부끄러워 목을 외로 꼬았다. 노트에는 작문 숙제 대신 나름으로 쓴 시가 적혀 있었다. 김억이 노트를 들고 교탁 앞으로 돌아갔다.

"자, 제군들, 여기 주목하게."

학생들이 자세를 바로 하면서 내는 소음이 이어졌다. 김억이 정식의 노트를 읽었다.

> 왜 아니 오시나요
> 영창映窓에는 달빛, 매화꽃이
> 그림자를 산란히 휘젓는데
> 아이 눈 감고 요대로 잠을 들자
>
> 저 멀리 들리는 것!
> 봄철의 밀물 소리……
>
> —「애모愛慕」 부분

정식은 여자 동무들 앞에 벌거벗고 선 뜻밖의 순간처럼 창피했다. 자기 글을 순이 누이 이외의 사람에게 드러낸 것은 처음이었다. 뒷자리에 앉은 배찬경이 정식의 등을 찌르며 큭큭 웃었다. 정식과의 사이에 그간 아무 일도 없었다는 듯 저 혼자서 전의 다정한 동무로 돌아왔다. 배찬경의 작은 아버지가 만주로 떠난 뒤 정식의 할아버지는 작은아버지 딸 혼사에 적잖은 축의금을 보냈다. 두 집안이 그만큼 가까웠다. 더구나 배찬경은 불알동무였다. 정식을 아무렇게나 대한다고 해서 크게 화낼 일은 아니었다. 그래도 지금은 그저 얄밉기만 했다.

"밤마다 오순이 뒤꿈치 들고 가만가만 네게 오지 않을까 애가 탔구나야."

정식이 창피를 삭이며 목을 더욱 외로 꼬았다.

"네 손목에 맨 댕기로 오순이 목을 매서 끌고 와야겠구나."

정식은 냉천에서 오순과 작별할 때 오순이 손목에 매 준 댕기를 계속 매고 다녔다. 따져보니 댕기는 자신이 지닌 오순의 유일한 물질적 흔적이며, 사랑의 증표였다.

그때 정식의 시야에 미루나무 밑에서 휘적휘적 교정을 가로질러 걸어오는 노인이 잡혔다. 흰 두루마기에 갓을 쓴 노인은 교사가 있는 둔덕까지 와서 창 너머로 이 교실 저 교실

기웃거렸다. 정식의 학급 창가에 모습을 드러냈을 때 정식은 엉겁결에 고개를 숙여 인사했다. 노인의 부릅뜬 눈이 정식을 알아보더니 곧장 교실 출입문을 향해 잰걸음으로 다가왔다.

"조용!"

노인을 발견한 학생들이 웅성거리자, 영문을 모르는 김억이 교탁을 두드려 산만한 분위기를 바로잡았다. 그래도 학생들은 곁눈질로 노인의 행동을 놓치지 않았다.

"하긴 우리 조선 풍습으로는 김정식 군이 결혼할 나이가 되고도 남았네. 남자 나이 십 대 중반이면 결혼하는 게 풍습이 아니던가. 그러나……."

김억이 강의를 이어나가자 마침내 노인이 출입문을 활짝 열어젖혔다.

"이놈!"

다짜고짜 지팡이를 치켜들고 다가오며 소리쳤다. 김억을 내려칠 기세였다. 학생들의 눈이 휘둥그레졌다. 김억은 얼른 두어 걸음 물러섰다.

"네놈이 우리 찬경이 상투를 잘랐느냐? 네놈 것이나 잘랐으면 됐지, 왜 남의 손자 것까지 잘랐느냐? 불상놈 같으니라고."

양복을 입고 짧게 자른 머리에 기름을 발라 가르마를 탄 김억에게 노인이 지팡이를 휘둘렀다. 김억이 사태를 직감하고 재빨리 뒷문 쪽으로 달아났다. 할아버지가 뒤따라가 김억의 등짝을 후려쳤다. 김억은 뒤도 돌아보지 못하고 문밖으로 도망쳤다. 남산학교 시절 배찬경이 선생님으로부터 머리를 짧게 깎였을 때도 배찬경의 할아버지는 학교에 나타나 소동을 피운 적이 있었다. 결국 배찬경은 그 뒤 머리를 길렀다. 결혼하면서 상투까지 틀었다. 오산학교 역시 교칙에 따라 머리를 짧게 자르도록 했다. 배찬경은 자발적으로 상투를 자르지는 않았지만, 담임선생님이 자르라고 하자 응당 그래야 한다는 듯 따랐다.

"고얀 놈!"

할아버지가 김억을 뒤쫓았다. 김억이 담임선생님을 대신해서 혼쭐이 나는 셈이었다. 학생들의 눈길이 교실 밖으로 향했다. 자리에서 일어난 학생들도 꽤 되었다. 말하지 않아도 재밌어 죽겠다는 표정이었다. 하지만 아직도 상투를 튼 어른을 집안에 둔 학생들은 남의 일 같지 않았을 것이다. 배찬경은 자리를 박차고 일어나 할아버지를 뒤따라 뛰어갔다. 정식은 고소했다.

"이놈아, 자르란다고 상투를 잘라? 불알까지 잘라라. 너도 불상놈……."

배찬경에게 붙잡힌 할아버지가 배찬경을 꾸짖는 사이 배찬경은 할아버지를 불끈 들어 등에 업었다. 그러고는 교정을 내달렸다.

"아니, 이놈, 이놈이……."

할아버지가 발버둥 쳤다. 하지만 배찬경을 당해내지는 못했다. 할아버지는 그렇게 교문 밖으로 업혀 나갔다.

"주목! 여기 주목!"

김억이 돌아와 지휘봉으로 교탁을 두드렸다. 학생들이 자리를 정돈했다. 민망한 순간을 모면한 줄 알았던 정식은 다시 긴장했다.

"김정식 군! 시는 유치찬란한 연애편지가 아니네. 숙제를 안 해 온 벌로 이 노트는 압수하겠네."

"어! 안 됩니다. 안 돼요."

정식이 황급히 일어나 손을 내저었다. 마침 수업이 끝나는 종이 울렸다. 김억은 노트를 옆구리에 끼고 교실을 나갔다. 할아버지에게 맞은 등허리를 주무르면서.

5

"그 학생 시를 보고는 제 가슴속으로 상쾌한 바람 한 줄기가 지나갔더랬습니다. 순진무구한 감정을 아름다운 시로 표현하는 뛰어난 재능을 지닌 학생입니다. 앞으로 우리 학생 중에서 놀랄 만한 시인이 탄생하겠구나, 그런 생각이 들었더랬습니다."

김억이 교무실의 교장 책상 앞에 서서 조만식古堂 曺晩植 교장에게 말했다. 마침 그때 정식은 교무실에 막 들어오던 중이었다. 두 선생님이 자기 이야기를 하는 통에 나가지도 못하고 더 들어오지도 못한 채 출입문 옆에 있는 서가 뒤에 멈춰 섰다. 김억이 압수해 간 노트를 찾으러 왔는데, 두 선생님은 정식이 들어온 줄을 몰랐다. 교무실에 있는 다른 선생님들 몇몇도 서로 바라보고 앉아서 잡담을 나눌 뿐 서가 뒤의 정식을 주목하지 않았다.

"허허, 그렇소이까? 대체 누구이오이까?"

"이걸 보십시오."

조만식이 노트를 받아 들었다. 접힌 부분을 펴서 작은 목소리로 읽었다.

> 그리운 우리 님의 밝은 노래는
> 언제나 제 가슴에 젖어 있어요
>
> 긴 날을 문밖에서 서서 들어도
> 그리운 우리 님의 고운 노래는
> 해 지고 저물도록 귀에 들려요
> 밤들고 잠들도록 귀에 들려요
>
> —「님의 노래」부분

"김정식 군의 시군요. 과연 시재詩才가 출중하오이다. 김정식 군 별호가 만점인 건 알지요? 제식훈련을 빼고는 모든 교과목에서 다 만점을 맞았단 말이외다. 군내 주산 대회에서도 일 등을 했지 않소이까. 선생님마다 영민한 학생이라고 칭찬이 대단하더니 시까지 이렇게 잘 지을 줄은 몰랐소이다."

"처녀를 연모하는 감정을 시로 옮겼나 봅니다. 연애가 학업에 지장을 줄 것 같아서 칭찬을 앞세우진 못했댔습니다."

"우리 학교 출신인 데다가 우리나라 신시 운동의 선구자이신 안서 선생님이 지도해 주신다면 장차 대성이 약속된 거나 진배없겠소이다. 아, 그런데……."

"말씀하십시오."

"안서 선생님 부인이 김정식 군의 육촌 누이가 된다고 했지요?"

김억은 정식의 마을 남단동에서 20여 리 떨어진 곽산 관삼동 태생이었다. 정식은 오산학교 입학 전까지는 김억이 육촌 누이의 남편인지 알지 못했다. 육촌 누이가 정식을 김억의 집에 초대한다는 말을 전해 와서야 알았다. 적당한 때를 잡지 못해 초대에는 아직 응하지 못했다.

"맞습니다. 그리 멀지 않은 사돈 사이입니다."

"아무래도 김정식 군이 걱정되오이다. 우리 조선 민족의 간성으로 자라야 할 학생인데, 여자에 빠져 있으면 아니 되지요. 일찍 혼인하는 민족의 풍습이 차차 고쳐져야 하리라고 봅니다만."

"저도 걱정됩니다. 사돈 사이라고 해도 다감한 마음을 표한 적은 아직 없었더랬습니다. 다른 학생들과 차별 두지 않고 엄격히 가르치려고 마음먹고 있습니다."

"아니, 차별하는 게 낫겠소이다. 영민한 학생이니 안서 선생님의 각별한 지도가 필요하겠소이다. 그런데 등을 왜 자꾸 주무르시오이까? 어디 불편하시오이까?"

"아, 아닙니다."

"낯빛이 영 안돼 보이오이다."

정식은 이쯤에서 슬그머니 교무실을 빠져나왔다. 자신의 재능에 대해서 칭찬할 때는 모르던 사실을 알게 되어 자긍심이 일었다. 그저 시가 좋아서 써봤을 뿐 시인이 되겠다는 생각은 애초에 없었다. 시인이 소망이 되어야 할까? 하지만 자신을 탓하는 대목으로 옮겨 가자 민망해서 더는 듣고 있을 수 없었다.

정식의 장래에 대해서 할아버지는 정식과 전혀 다른 바람을 품고 있었다. 얼마 전 정주금융조합에서 주최한 군내 주산 대회 이후부터는 그 바람이 완고해졌다. 정식은 오산학교 대표에 끼어 대회에 참가했다. 주산은 입학 이후 학교에서 일주일에 한 시간 되나 마나 한 수업을 받았을 뿐 따로 배운 적은 없었다. 손가락을 놀리는 것이 잽싸지 못했다. 다만 암산만은 지극히 민첩했다. 숫자를 대하면 머릿속에서 주판알이 먼저 튕겨졌다. 덕분에 오산학교 대표 중 혼자서 대회 예선을 통과했다. 금융조합 직원 두 명과 순사주재소의 일본인 순사, 정식이 준결승전을 치렀다. 여기서도 뜻밖에 정식이 두각을 나타내 일본인 순사와 함께 결승에 올랐다. 승기는 그치지 않았다. 결승전에서는 마침내 1등을 거머쥐었다. 이 일로 할아버지는 크게 기뻐했다. 애초부터 정식이 상업 계통에서 성공하기를 바라며 상급 학교로 보냈다. 할아버지의 어머니, 즉 정식의 증조할머니는 젊어서 남편을 여의고 옷감 장사를 하는 등 억척같이 일해 기울어진 가세를 일으켰다. 증조할머니의 기질을 본받은 할아버지는 상업과 결부해 개화 문명을 받아들였다. 정식이 1등을 하자, 정식의 재능이 자신이 바라던 바와 맞아떨어졌다고 믿은 것이다. 정식의 상업 계통 진출이 어느 순간 할아버지 가슴속 부동의 희망으로 고착되었다. 그런데 시인이라니. 순이 누이에게 품은 연정이 공부에 방해가 된다니. 과연 공부란 무엇일까? 세상을 살아가는 경제적 수단? 점잖은 선비 노릇을 하는 방편? 과연 사랑을 빼놓고 삶을 영위할 수 있을까?

2장   거미줄과 잠자리

1

 붉고 큰 해가 신미도 운종산 너머로 사라지는 중이었다. 노을이 지상과 하늘의 경계를 짙게 물들였다. 옥녀봉 냉천 부근 바위에 걸터앉은 정식이 피리를 불었다. 오순이 옆에 앉아 피리 음률에 맞춰 노래를 불렀다. 정식의 시에 오순이 세간에 흘러 다니는 노래를 나름으로 변조한 곡을 붙였다. 오순은 목청이 고와 남산학교 시절 여러 차례 학예회에 뽑혀 나갔다. 그것이 학교에서 노래로 이름을 날리게 되는 계기가 되었다. 자신도 그때부터 노래에 자부심을 느끼는 듯했다.

잊힐 듯이 볼 듯이 늘 보던 듯이
그립기도 그리운 참말 그리운
이 나의 맘에 속에 속 모를 곳에
늘 있는 그 사람을 내가 압니다
— 「맘에 속의 사람」 **부분**


"그래도 이렇게 수업을 빠지면서 몰래 찾아오면 안 돼."
노래를 마친 오순이 걱정을 드러냈다.
"보고 싶었어. 내가 미치지 않은 게 다행이야."
정식이 히쭉 웃었다.
"시간이 흐르다 보면 네 맘속에서 내가 쑥 빠져나가는 순간이 올 거야."
"정말 그런 순간이 내 일생 중에 올까?"
"네 할아버지 사업이 잘돼가고 있나 봐. 널 일본 유학까지 보낸다는 소문을 들었어. 공부에 전념해야지."
'나는 너와 안 맞아'라는 말을 오순이 차마 입 밖으로 꺼내지는 않았다. 현실이 분명 그러할지라도 거기까지는 인정하지 않으려는 심사를 정식이 모를 리 없었다. 마음에 드는 사람과 헤어져야 하는 허무함을 견뎌야 하는 오순을 상상해 보노라니 정식 자신도 견딜 수 없을 것 같았다. '우리 두 사람의 사랑이 결실을 보도록 어떻게든 노력해야 해'라는 말을 오순은 말 없는 말로 정식에게 전하고 있는 셈이었다.

"난 기필코 누이한테 장가갈 거야."

"꿈에서는 무슨 일이나 이룰 수 있어. 그러나 현실에서는 꿈이 무척 높은 벽 뒤로 숨지."

"노력하면 못 이룰 일이 없다고."

"난 하늘을 나는 개구리를 본 적이 없어. 태생적으로 정해진 운명이 있기 때문이야."

"피이! 동철이도, 찬경이도 장가를 갔어. 누이 동무 지연이도 시집을 갔고. 나도 갈 테야."

정식이 입을 씰룩거렸다.

"그 동무들도 모두 자기네 어른들이 배필을 정해줬어."

"자기가 자기 짝을 정하는 시대가 온 거 몰라? 누이는 부모가 정해주는 사람이면 일본 헌병을 닮은 늑대 놈이라도 시집갈 테야?"

정식은 관습을 이겨낼 자신이 있었다. 어떤 경우에도 자신의 장래와 소망을 훼방하는 관습을 이겨내야 한다는 다짐이 준 자신감이 아니었다. 곽산에서는 가장 먼저 상투를 자르고 개화 문명을 받아들인 할아버지에게 마땅히 기대를 걸었다.

"난 내가 정할 거야."

"정말 그러기를 바라."

정식은 두 팔을 벌리며 오순에게 다가갔다. 하지만 오순이 슬그머니 돌아섰다. 미래를 예측하고 미리 그 아픔 속으로 빨려 들어가는 오순의 쓸데없는 걱정이 안타까웠다. 정식은 멋쩍어 다시 피리를 불었다. 피리 소리에 맞춰 오순이 또 노래를 불렀다.

> 잊힐 듯이 볼 듯이 늘 보던 듯이
> 그립기도 그리운 참말 그리운……

오순의 목소리에 차츰 물기가 끼더니 노래를 마저 하지 못했다. 정식이 그 틈에 오순을 끌어안았다, 오순이 정식의 품에 안겨 속울음을 삼켰다.


## 2

 사방 벽이 창문과 출입문을 남기고는 책들로 가득 찼다. 일본 서적 등 외국 서적이 대부분이었다. 눈길을 사로잡는 이 많은 신학문 책이 김억이 경험한 바다 건너 넓은 세상의 깊은 지식을 드러내는 것만 같았다. 생각했던 것보다 김억이 더욱 다가가기 어려운 큰 산처럼 여겨졌다. 선 채로 책들을 살피던 김억이 한 권을 뽑아 들었다. 방 가운데 서안書案 앞에 앉은 정식에게 책을 건네며 맞은편에 앉았다.
 "제가 전혀 다른 세상으로 난 창문 하나를 얻은 것 같습니다."
 정식이 책을 받았다. 책은 서구 시인들의 시를 모은 시집이었다.
 "아는 것만큼 상상력이 커진다네. 상상의 지평이 넓어지면, 전보다 진화된 행동을 하게 된다네. 신문명을 받아들이는 태도에 두려움이 없어진다네. 근데 뉘한테 시를 지도받은 적이 있었댔나?"

　남산학교에 입학하기 전 첫째 작은어머니 계희영은 정식에게 「심청전」 「흥부전」 「임진록」 「장화홍련전」 「삼국지」 「콩쥐 팥쥐」 「두껍전」 등 전래 고전소설들을 읽어주곤 했다. 하도 많이 들어 어느 부분은 외울 정도였다. 하지만 시나 문학 지도를 받았다고 하기에는 애매했다.

　"남산학교 다닐 때 서춘 선생님이 제 글을 유심히 살펴주시고, 고칠 점을 말씀해 주셨습니다. 또 선생님의 문학책들을 빌려다가 읽기도 했고요."

　그때에도 서춘으로부터 문학을 지도받는다는 인식은 없었다. 서춘 역시 문학을 지도하는 것이 아니라 지식의 기초를 세워주겠다는 의도에 머물렀을 것이다. 지금 생각해 보면 그 일이 문학 지도라면 문학 지도인 셈이었다.

　"그게 다인가? 정식 군은 천부적인 소질이 있어. 사실 나도 서춘 선생님이 하시던 것밖에는 당장 달리 할 게 없네. 시를 쓰면 모았다가 내게 가져오게. 부끄러워하지 말고."

　정식은 자신의 글들을 시라고 불러도 될 만하다는 자신감을 가졌다. 하지만 머릿속에 떠오르는 노트 속의 습작들을 헤아려보자니 자신감이 순식간에 열등감으로 바뀌었다.

"정식 군의 시에 깃든 서정성은 우리 민족 고유의 한(恨)에 바탕을 둔 것처럼 보이네. 특히 4·4조의 민요를 닮은 운율을 택해서 더욱 좋아. 낭송하고 기억하기 쉽거든. 방금 자네에게 준 책은 서구의 시인 로버트 번스와 윌리엄 버틀러 예이츠의 시들을 모은 시집이야. 앞으로는 이 시인들 시처럼 7·5조도 구사해 보면 좋겠네. 그것 역시 낭송하고 기억하기 쉽네."

"예."

정식은 대답했지만, 민족 고유의 한이 무엇인지 알 듯하면서도 명확히 이해되지 않았다. 자신은 옛 책을 읽거나 노래를 부르면서 입에 밴 버릇대로 글을 지었을 뿐이었다.

김억은 요즘 조선 문단에 소개하려고 프랑스 시를 번역하는 중이라고 했다. 직접 쓴 시를 곧 잡지에 발표하여 시인으로서 본격적인 활동을 예고한다는 소문도 돌았다.

"자네가 보고 싶은 책이 있으면 언제든지 우리 집에 와서 빌려 가도 되네. 보다시피 내가 일본에서 공부하면서 구한 문학 서적들이 이 방에 꽤 있다네."

정식은 기뻐하는 한편으로 선생님과 학생 사이의 사적 만남에 어색함을 느꼈다. 또 부인이 누이라고는 하지만, 마을이 달라 기제사 때 당숙 집에서 얼굴을 마주친 정도였다. 정식은 김억이 준 시집을 들고 일어섰다. 정식이 돌아가려는 기색에 설거지하던 김억 부인이 부엌에서 쫓아 나왔다.

"자고 가, 나랑 얘기도 좀 하고. 너 오기를 퍽 기다렸는데……."

정식은 누이를 보고 빙긋 웃고는 마당으로 내려섰다.

"정식 군."

미처 하지 못한 말이 있는지 김억이 정식을 불렀다.

"군이 연모하는 여자가 형편없이 빈한한 소작농의 처자라지? 우리 세태로는 양가 격차가 크면 혼인은 고사하고 사귀는 것조차 허용하지 않는다는 걸 군이 잘 알겠지? 공부에 매진해서 자네 아들 세대쯤에서는 차별 없이 혼인할 수 있는 세상을 만들어보게나. 이광수春園 李光洙 선생이 지은 우리 학교 교가에 '하늘을 꿰뚫고 땅을 들추어 온가지 진리를 캐고 말련다'라는 구절이 있지? 큰 뜻을 품고 정진 또 정진하게."

정식이 자신을 어려워하는 심사를 아는지 김억은 붙잡지

않았다. 마루에 선 채 뜰로 내려서는 정식을 배웅했다. 배찬경은 김억 선생님 댁에 간다는 말에 연애시나 끄적거린다고 꾸중할 것이라고 지레짐작했다. 연애에 정신 팔지 말라는 이야기를 그 정도로 해둔 것이 다행이라고 정식은 생각했다. 그런 충고로는 할아버지에 대한 은근한 믿음을 접을 이유가 되지 않았다. 서운한 기색을 보이는 누이를 뒤로하고 대문을 나섰다. 벌써 어둠이 짙었다.

3

아침저녁으로 쌀쌀해졌다. 새 계절에 자리를 내주는 것이 못마땅한 듯 교정의 나무들 속에서 매미들이 그악스레 울었다.

"아까 읍내 행사에 참석했기 때문에 제군들이 잘 알겠지만, 오늘이 이른바 천장절天長節이외다. 일본 천황이란 자의 생일이란 말이외다."

연단에 오른 교장 조만식이 교정에 줄지어 선 학생들에게 훈화를 했다. 연단 밑에는 찹쌀떡이 든 나무 상자가 너덧 개

쌓여 있었다.

"일본 놈에게 나라를 빼앗긴 국치일이 바로 그제이외다. 우리나라가 죽은 거나 다름없고, 우리나라 백성이 모두 상중喪中인 거나 다름없소이다. 어찌 슬프고 분하지 않겠소이까. 이런 처지에 원수 일본 놈들 명절에 일본 놈이 주는 떡을 받아먹어야 하겠소이까? 마음의 가책을 안 느끼겠소이까?"

다른 학교와 달리 오산학교에는 일본인 교사가 없는 것이 다행이었다. 조금 전 아침나절에 오산학교가 위치한 갈산면 내 학생들이 모두 면 소재지인 정양동에 있는 학교에 모여 천황의 만수무강을 비는 천장절 행사를 치렀다. 순사주재소 일본인 순사가 집합명령장을 보냈다. 일본 국가인 기미가요를 부르고 일본 방식대로 의식을 진행했다. 정식이 남산학교에 다닐 때도 천장절이 되면 읍내에 있는 학교에 모여서 같은 방식으로 행사를 치렀다. 떡은 천황의 하사품이랍시고 천장절 행사 참석자들에게 나누어준 것이었다.

"제군들, 군들이 머지않아 나라를 되찾도록 해야겠소이다. 우리 동포가 서로 사랑하고 서로 아끼고 형제처럼 우의를 두텁게 하면, 자연히 일본 놈들의 간악한 손아귀에서 풀려날 날이 올 것이외다. 기대를 키우고 각오를 다지기 위해서 이 떡을 내다 버리면 어떻겠소이까?"

　학생들은 의분에 사로잡혀 손뼉을 쳤다. 주먹 쥔 팔을 치켜들며 "옳습니다"라고 외치기도 했다. 조만식 교장이 연단에서 내려올 때는 더러 울음까지 터뜨리기도 했다. 정식도 치를 떨었다. 주먹에 힘을 넣고 이를 악물었다. 그럴수록 무슨 역모의 현장에 들어선 것처럼 가슴은 마냥 일렁였다.

### 4

　자전거 브레이크를 잡는 삐익 소리를 듣고 정식이 고개를 들었다. 다른 학생들과 함께 학교 소유 배추밭에 물을 주던 참이었다. 청량한 날씨가 이어지자, 태풍과 폭우 걱정 대신 농민들은 가뭄에 애가 탔다. 저학년인 1, 2학년 학생들 대부분이 기숙사에 거주하며 필요한 곡식과 채소를 스스로 가꾸었다. 읍내로 들어가는 도롯가에 자전거가 멈춰 섰다.

　"어이, 김정식 군!"

자전거에서 내리는 중년 사내는 읍내에서 자전거 판매점을 운영하는 최형호였다. 일본에서 들여온 자전거로 큰돈을 벌었다는 소문이 났다. 전답을 담보로 잡고 할아버지에게 여러 차례 돈을 꾸어주었다. 할아버지는 꾼 돈으로 부족한 금광 채굴 자금을 메꾸었다. 언젠가 최형호는 이자는 물을 주지 않아도 밤낮 가리지 않고 무럭무럭 자란다는 말을 할아버지 앞에서 했다가 따가운 눈총을 받기도 했다. 정식이 고개를 숙여 인사를 건넸다.

"한 닷새 됐나 싶네. 조악동 금광에 갔다가 자네 할아버지를 만났다네."

정식이 최형호가 멈춰 선 도로 가까운 밭둑으로 나갔다.

"할아버지가 자네 장가보낼 때가 지나간다고 걱정하시더군. 나더러 중매를 서래. 정신이 나간 자네 아버지를 봐서라도 종손인 자네가 얼른 장가를 가서 집안 대들보 노릇을 해야 한다네."

드디어 때가 왔구나. 졸업이나 하면 장가가라 할 줄 알았다. 갑자기 눈앞이 환히 열리는 기분이 들었다. 중매라는 말보다 장가라는 말이 더 살갑게 김정식의 머릿속에 박혔다.

중매는 신붓감을 정하는 과정. 정식에게는 필요치 않은 일이었다. 늦지 않게 장가보내려는 할아버지의 고마운 마음이 읽혔다.

"중매 걱정은 안 하셔도 돼요."

최형호는 다시 자전거 페달을 밟기 시작했다.

"겸연쩍다고 속에 없는 말을 하지 말게. 내 두루 알아볼 테니 마음을 놓게."

최형호가 이내 뒤뚱뒤뚱 수수밭 너머로 모습을 감추었다. 정식이 물 주던 자리로 돌아오자 배찬경을 비롯한 동무들이 돌연 정식의 얼굴이 밝아졌다면서 좋은 일이 생겼느냐고 물었다. 정식은 중요한 이야기를 섣불리 발설하여 어른들 말처럼 마가 끼도록 하고 싶지 않았다. 그렇지 않아도 김억이 수업 시간에 정식의 노트에 적힌 시를 낭독한 일로 멋대로 부풀려진 정식의 연애담이 꾸준히 학생들의 입에 오르내리는 중이었다.

일이 손에 잡히지 않았다. 내일은 주변 마을 주민들 소유의 배추와 무 밭에 물을 주기로 약속이 잡혀 있었다. 벼 이삭이 여무는 시기여서 논물 대기도 벅차도록 냇가가 말랐다. 오늘 작업이 끝나면 하류 쪽으로 가서 새 물웅덩이를 찾기로 했다. 그런데도 정식의 머릿속에는 소식을 어서 오순에게 전하고 대비를 해야겠다는 생각만 차 있었다. 편지에 무슨 말을 쓸까 궁리하다가 물바가지를 떨어뜨렸다. 옆에서 쪼그리고 앉아 풀을 뽑던 동무가 머리에 난데없는 물을 뒤집어썼다.

5

정식은 오순의 앙가슴에 얼굴을 묻었다. 오순의 몸에서 지금까지 맡아본 적이 없는 향긋한 냄새가 났다. 냄새의 근원을 찾아 자꾸 얼굴을 더 깊이 묻었다. 그러다가 오순의 옷 속을 더듬었다. 오순은 막지 않았다. 되레 금기시했을 법한 속살로 정식의 손을 이끌었다. 속살은 백사장처럼 넓고 부드러웠다. 다보록한 숲과 만났다. 장가간 동무들은 숲에서 일어난 일들을 아무렇지도 않게 지껄여댔다. 듣지 말아야지 다짐하면서도 정식은 귀 기울여 듣는 자신을 발견하곤 했다. 정식의 샅에 돌출된 것이 나 이렇게 우람한 줄 몰랐지,

라고 말하듯 불뚝 몸을 부풀렸다. 세상에서 가장 단단한 것일지라도 뚫고 나갈 기세였다. 자기도 모르는 사이에 시원한 것이 돌출부 끝에서 쑥 빠져나갔다.

그때 오순이 정식의 손을 잡아 홱 뿌리쳤다. 그것도 모자랐는지 벌떡 일어나 등까지 탁 쳤다. 순식간에 벌어진 일이었다.

"뭐 하는 거야! 이런 엉큼한……."

별안간 성난 남자의 목소리가 들렸다. 정식은 당황하여 살그머니 눈을 떴다. 여명이 방 안을 비추고 있었다. 방금까지 보였던 꽃이불과 댕기 머리와 촛불이 자취를 감추었다. 인상이 일그러진 사내의 얼굴이 바로 코앞에 다가와 있었다. 배찬경이었다. 아, 꿈을 꾸었구나. 정식은 여전히 기숙사에 머물고 있었다. 엊저녁 오순에게 편지를 쓰고 잠이 든 생각이 났다. 정식은 편지에 머잖아 우리가 혼인하게 될 것이며, 미리 준비할 혼수가 많을 테지만 자신의 집에서 비용을 댈 수 있도록 할아버지께 부탁하겠다고 썼다.

배찬경이 이불을 걷어치웠다. 정식은 축축해진 아랫도리를 들킬세라 이불의 한 자락을 끌어안았다.

"너도 장가갈 때라는 신호가 온 거야. 등짝만 한 대 쳐서 정말 다행이야. 내가 가장 소중히 여기는 걸 잘라 가려는 놈인 줄 알았다우."

배찬경이 정식의 꼴을 보면서 큭큭, 웃었다. 정식은 팔목에 차고 다니는 댕기를 코에 댔다. 아직도 남아 있는 오순의 냄새가 은은히 코안으로 스며들었다.

6

쉬는 시간을 알리는 종이 울리자마자 정식은 두 통의 편지를 들고 느티나무 밑 벤치로 달려 나왔다. 수업 시작 직전 사환으로부터 받은 편지였다. 궁금증이 폭발 직전에 다다랐다. 하나는 오순한테서 온 것이었고, 하나는 분가하지 않고 할아버지 밑에서 사는 첫째 작은어머니한테서 온 것이었다. 벤치에 앉았다. 응당 오순의 편지부터 뜯었다. 오순에게 편지를 보낸 직후부터 편지가 마을들을 지나 오순의 집에 이르기까지, 오순이 답장을 쓰고, 그것이 다시 마을들을 지나 정식에게 이르기까지의 시간을 지루함을 견디며 몇 번씩 어림한 뒤끝이었다. 차라리 오순의 집으로 달려갈까, 고민했다. 점잖지 못한 대응이 진심의 격을 떨어뜨리는 것 같아서 참고 참았다.

편안하오?

정식은 나를 떠났지만, 나는 한순간도 정식을 떠난 적이 없소. 남산학교 시절 서춘 선생님에게서 빌려 읽은 어떤 책의 구절이 생각나오. 책 속 주인공이 여행 중에 어느 곳에 이르렀소. 그곳에서 신비로운 꽃과 나무들, 지혜를 체득한 순한 사람들을 만났소. 거기에 반해서 주인공은 다음 여정을 접었다오. 죽을 때까지 그곳에 머물렀다오. 지금 내 입장이 그러하오. 내 삶의 여정이 정식을 종착점으로 하여 멈추어버렸소. 내 영혼 속으로 정식이 깡충 뛰어들어 왔단 말이오. 혼인 따위가 무슨 대수요. 몸은 가까이 있지 못할지언정 마음이 동거하면 되는 것이오. 정식이 웃으면 나도 웃고, 정식이 울면 나도 울고, 정식이 아프면 나도 아플 것이오.

내내 건강하길 바라오.

정식은 오순의 마음 깊은 곳에서 우러나온 목소리를 처음으로 듣는 것처럼 기뻤다. 한 자락 못 미더운 구석이 있었지만, 그것은 오순의 자존심과 결부된 부분이리라.

다음으로 작은어머니한테서 온 편지를 뜯었다. 소소한 일로는 구태여 편지를 보내지 않았으리라. 작은어머니는 집안 여자 중에서 제일 학문에 밝을 뿐만 아니라, 정식과 가장 친밀하게 지내는 사이였다. 아마도 집안을 대표하여 보낸 것이리라. 내가 없는 가운데 내 중대사를 결정하는 일에 어떤 논의가 오갔을까? 오순에 대해서도 논의가 미쳤겠지? 어머니나 첫째 작은어머니는 오순과 정식과의 관계를 어느 정도 눈치채고 있었다.

조카 갓놈에게

어제 할아버지가 조악동 금광에서 돌아오셨어. 하산길에 평지동에 사는 오랜 동무 홍시옥洪時玉 씨를 우연히 만나셨다는군.

갓놈은 정식의 어린 시절 애칭이었다. 갓 태어난 아이라고 해서 붙인 이름이었는데, 다감한 사랑이 밴 이름이어선

지 집안 어른들은 지금까지도 종종 갓놈이라고 불렀다.

    홍시옥 씨는 할아버지가 반가워 손을 놓지 않으셨단다.
    "약주나 한잔 나누며 다리쉼을 하고 가오."
    할아버지도 뿌리칠 만큼 바쁘지 않으셨지. 자연스럽게 홍시옥 씨의 집으로 향하셨다는구나. 사랑방에서 술상을 사이에 두고 앉으셨어. 그동안 서로 달라진 형편들을 이야기 나누셨지. 그때 방문 밖으로 나이가 찬 처자가 지나가는 모습이 할아버지 눈에 띄셨단다.
    "딸이오?"
    "맞소."
    할아버지는 처자가 참하게 생겼다고 여기셨지.
    "혼처는 정했소?"
    "아직……."
    "내 손자놈이 있는데……."
    홍시옥 씨는 귀가 솔깃하셨을 것이야. 서산 평지동에서야 홍시옥 씨네가 가문으로나 재산으로나 손꼽히는 집안이지만, 곽산 남단동에서 알아주는 우리 가문과 재산에는 비할 바가 못 되지.

단지 신랑감 아버지가 실성한 사람이라는 점이 마음에 걸렸을 것이야. 그렇다 해도 홍시옥 씨로서는 청혼이 반가운 일이 아닐 수 없으셨겠지.

이렇게 뜻밖의 자리에서 네 혼약의 말이 오고 갔단다. 할아버지가 귀가하셔서 집안 식구들을 모아놓고 그 이야기를 했어. 집안 식구들은 반대하고 나설 흠결을 찾지 못했다. 다만 할머니는 궁합이 맞아야 한다는 토를 다셨다. 할아버지는 "지금이 어느 세상인데……"라고 말씀하시면서도 선심 쓰시듯 그러자고 대답하셨다. 물론 뒤에 궁합이 맞지 않더라도 할아버지는 당신의 결심을 굽히지 않으시리라는 점을 우리는 알고 있었어. 네 어머니는 무조건 할아버지 결정에 따르겠다고 하셨지. 고작 그 말뿐 평소처럼 고개를 숙이고 계셨다. 네 아버지가 네 어머니를 죄인 아닌 죄인으로 만든 탓이었어. 그날 저녁나절에 할머니는 칠성이네 할머니를 찾아가 궁합을 보셨다. 하늘에서 정해준 연분이라는 답을 얻으셨다는구나. 참 다행이었어.

네 사정을 어느 정도 짐작하는 나는 일부러 옆집에 가서 혼약 소식을 떠들었지. 예상처럼 순이도 그 소식을 들었더구나. 밭을 둘러보러 나가다가 길에서 순이를 만났는데, 아주 잘된 일이라고 축하해 주더구나. 너희 둘의 관계가 이런 식으로 자연스럽게 정리되는 것 같아서 그것 또한 다행이었다.

모두 제멋대로군. 정식은 자신과 관계없이 자신을 두고 벌어진 일에 대해서 큰 불만을 품었다. 어머니는 그렇다손 치더라도 작은어머니는 왜 순이 누이를 당연하다는 듯 배제했을까? 정식은 두 개의 편지를 그러쥐고 참담한 기분에 빠졌다. 가슴 저 깊은 곳에서 아무리 뽑아도 뽑히지 않을 독초 하나가 자라나는 것을 느꼈다. 수업 시작종이 울린 줄도 모르고 한동안 벤치에 앉아 있었다. 배찬경이 부르러 와서야 정식은 느티나무 가지가 갈가리 찢어놓은 하늘을 바라보며 일어섰다.

7

북풍이 창문을 칠 때마다 문풍지가 부르르 몸서리를 쳤다. 기숙사의 창가에 선 정식은 그 많던 별이 감쪽같이 사라진 깜깜한 밤하늘을 응시했다.

"돈이냐 사랑이냐, 그것이 문제로다!"

책상 앞에 앉아 공부하던 배찬경이 항간에 유행하는 신파조 변사의 목소리를 흉내 내 놀렸다. 가까운 데서 부엉이와 멧비둘기가 우는 소리가 부엉부엉, 꾸욱꾸욱, 바람 소리 속에 섞여서 번갈아 들려왔다.

"시끄러! 진지하게 방법을 짜내보란 말이야. 네가 못 푸는 문제는 조선 독립밖에 없잖아."

정식이 신경질을 냈다.

"네 머릿속이 시끄럽겠지. 심순애는 부를 택했어. 세상 사람 모두가 고민 없이 응당하게 선택하는 것이니까. 너도 할아버지 분부에 따르는 게 현명하다우. 홍 씨네는 평지동에서 제일 큰 지주야. 괜찮은 벼슬아치도 나온 양반 집안이라고. 그런 집안 딸이니까 어른들 말도, 남편 말도 고분고분 잘 듣겠지. 인물도 반반하겠지. 강변 오두막집 소작농에다가 계모 밑에서 자란 순이보다야 골백번 낫지 않겠어?"

"찬경이, 누구나 다 말하는 그딴 뻔한 말 말고, 가슴 미어지는 나를 생각해서 신묘한 방법을 짜내보라, 제발!"

정식이 애원했다. 배찬경이 볼을 부풀리고는 손가락으로

볼을 때려 목탁 소리를 냈다.

"난 몰라. 난 몰라. 니가 알지, 내가 어찌 알아……."

소원을 성취해 준다는, '나모라 다나다라야야'로 시작하는 '신묘장구대다라니경經'을 우스꽝스럽게 음차하여 염송했다. 그러다가 하하하, 웃었다.

"햐! 길이 없는 데로 나를 몰아대는구나. 네 할아버지가 금광에 매달리신 지가 몇 년째야? 금광에 손댔다가 숱한 재산 날리고 나자빠진 사람이 곽산 앞바다 모래알만큼이나 많아. 네 할아버지는 우직하게 밀고 나가셔서 기어코 대성공을 코앞에 두셨어. 그 고집을 누가 꺾겠나?"

"그렇다고 얼핏 할아버지 눈에 띈 처자를, 나는 한번 얼굴도 못 본 여자를 아내로 맞이하라는 걸 어떻게 받아들여?"

"정말 너는 먼 외계에서 우리 마을로 유람 온 사람 같구나. 누구나 다 그랬는데 영 생소한 풍습을 대하듯 하는구나."

정식은 배찬경이라고 해서 묘책이 있을 수 없다는 점을 알았다. 다만 자신이 미처 생각하지 못한 어떤 수가 있을까 기대했다. 정식은 깜깜한 하늘에서 하염없는 눈길을 거두지 못했다. 할아버지는 나름으로 외국으로부터 쏟아져 들어오는 신문물뿐 아니라 신사조에도 민감했다. 막 경성 쪽에서 소문으로 들려오는 새로운 방식의 혼인에 대해서도 들었으리라. 할아버지가 왜 그런 엄연한 현실을 받아들이지 않을까? 부자며 양반이라는 이웃들의 선망을 견고히 유지하는 것, 그것이 기필코 지켜야 할 가치라는 그릇된 판단을 왜 깨지 못할까? 금광 경영도 그 가치를 더욱 굳건히 유지하는 수단에 지나지 않을까? 그런 입장에서 당신이 가문을 지키는 든든한 대들보라고 자부하고 있을까?

"외계에서 온 유랑자처럼 사랑에 웃고 우는 한 사내가 있었느니, 바로, 바로……."

배찬경이 다시 신파조 변사를 흉내 냈다. 손가락으로 정식을 가리키며 말을 이어가자, 정식이 냅다 배찬경의 손을 쳤다.

"그러면 날래 순이를 꿰차고 만주로 튀라우."

정식이 주먹으로 벽을 쾅 쳤다.

"흐흐흐. 아프지? 떨어져 있으면 그립지만, 함께 있으면 지겨운 법. 그런 이치를 아는가? 오산학교가 자랑하는 수재가 길바닥에 떨어진 밥풀만도 못한 일에 맘을 써서야 되겠

나. 나도 좋아하던 순덕이 놔두고 할아버지가 정해준 에미 나이와 결혼했어."

"너는 순덕이를 희롱만 했지. 그러면 안 되지."

"제가 하면 달콤한 연애라고 하고 남이 하면 요사한 희롱이라고 말하는 법. 정식아, 정신 차리라우. 연애는 혼인 생활의 예행연습에 지나지 않아. 학업에나 열중해. 하늘을 꿰뚫고 땅을 들추어 온갖 진리를 캐고 말련다……."

배찬경이 이번에는 교가의 한마디를 불렀다.

"인마, 하늘을 꿰뚫는 기세로 조선 독립이나 시켜봐!"

정식이 다시 벽을 쳤다. 그러고는 아픈 손을 감싸 쥐고 벽에 고개를 묻었다.

8

사랑방 아랫목 서안 앞에 앉은 할아버지가 쌈지에서 담배를 꺼내 곰방대 대통에 재웠다. 서안 건너편에 앉은 정식에게는 눈길을 주지 않은 채. 철이 없다고 여길까? 기가 막혀 상종할 수 없다고 여길까? 눈을 지그시 감고 곰방대만 뻐끔 뻐끔 빨았다. 정식은 자신의 심정을 소상히 밝히리라 다짐하고 집으로 달려왔다. 아차, 네 마음을 몰랐구나, 라면서 할아버지가 물러나 줄 것이라고 기대했다.

"저 이제 갓놈이 아니야요."

할아버지는 정식의 아명을 불렀다. 어린애로 취급한다기보다는 일방적인 혼약이 각별한 애정을 보여주는 결정이라는 점을 나타내고 싶었는가 보았다. 하지만 정식은 자신이 할아버지의 보살핌을 입는 대신 자기 결정권을 저당 잡힌 신세라는 사실을 비로소 깨달았다.

"제가 정하도록 허락해 주시라요."

할아버지가 금속제 재떨이에 다 피운 곰방대 대통을 텅텅 쳤다.

"갓놈아, 나가보아라."

정식이 일어나지 않자 더 큰 소리가 나도록 재떨이에 대통을 쳤다.

"새도 가지를 가려서 내려앉느니라. 족보도 없는 미천한 여자를 우리 집안에 들여놓으면 세상 사람들이 박장대소하지 않겠느냐. 어서 학교로 돌아가거라."

아무리 설명하고 설득해도 할아버지의 반대 논리는 옹성처럼 견고했다. 안 되겠던지 할아버지가 먼저 일어나 문을 열고 횡 밖으로 나갔다. 한바탕 싸움을 치르고 싶은데, 할아버지는 샅바를 잡혀주지 않았다. 정식은 뭔가 자신이 모르는 잘못된 대응으로 가능한 일이 불가능한 일로 굳어지는 것만 같았다.

열린 문으로 마당을 서성이는 정식의 아버지가 보였다. 저고리 없이 적삼만 걸치고, 평소처럼 바지는 엉덩이가 보일락 말락 할 정도로 내려온 채였다.

"정식이가 장가가서 어른이 되면 아버지, 널 똥개를 발로 차듯 늘씬 차주라 할 거야. 히히히."

아버지가 본채 뜰로 올라서는 할아버지의 뒤에 대고 히쭉거렸다. 할아버지는 만성이 되었는지 못 본 척, 못 들은 척 했다.

9

"정식아."

어머니가 안채 대청마루 끝에 서서 손짓했다. 정식은 어머니를 따라 아버지와 어머니가 사용하는 건넌방으로 들어갔다. 어머니는 빨래한 아버지 옷가지들을 한쪽으로 치우고 아랫목에 앉았다. 사랑방에서 전염되었을 법한 쌀쌀한 기운이 감돌았다. 정식도 불편한 심사를 숨기지 않고 어머니 앞에 앉았다.

"바른대로 말해라."

무슨 뜬금없는 말일까? 정식은 어머니의 다음 말을 기다렸다.

"너, 그 애랑 입을 맞추었느냐?"

어머니가 물었다.

"아니."

"그럼 그 애와 하룻밤이라도 잔 적이 있느냐?"

"없었어."

"그럼 그 애와 그 짓을 했느냐?"

정식은 '그 짓'이 무엇을 의미하는지 몰랐다. 어머니를 빤히 바라보았다.

"그 애 가슴이나 엉덩이를 만져보았느냐는 말이다."

"아니. 그런 적 없었어, 절대로."

정식은 도리질을 치면서 강하게 부인했다. 어머니가 안심되는지 손으로 가슴을 쓸어내렸다. 그러다가 다시 정식을 똑바로 바라보았다.

"그럼 그 애와 같이 살기로 약속이라도 했느냐?"

정식이 이번에는 힘차게 고개를 끄덕였다. 어머니가 기가 막힌다는 듯 헛웃음을 머금었다.

"격정에 못 이겨 쉽게 내뱉는 말은 자기가 자신을 속이는 말이란다."

"어머니, 너무 쉽게 말씀하시는 것 아닌가요? 저는 제 마음에서 우러나오는 말로 약속했단 말이야요."

"격정에 사로잡히면 밤하늘의 별도 따다 주겠다는 약속을 하게 된단다. 네 아버진 신혼 때 나더러 세상에서 가장 예쁜 여자라고 말하더라. 믿어지느냐? 말할 당시에만 솔직한 심정이 될 뿐이야. 술 취한 사람의 허풍처럼."

"어머니, 전 실행할 수 없는 약속은 안 해요. 저를 도와주시라요. 전 순이 누이와 영원토록 함께 살겠다고 마음을 굳혔어요."

"머잖아 그 언약이 허언에 지나지 않았다는 걸 스스로 깨닫게 될 것이야."

"절대, 절대 그럴 일 없을 거야요."

"남녀 사이의 허언은 늘 그런 허황한 격정 때문에 시작된단다. 사랑이란 격정의 시간이 지난 뒤 조용히 찾아온단다."

정식은 무릎걸음으로 어머니 곁으로 다가갔다. 어머니의 손을 꼭 붙잡았다.

"제발 할아버지를 설득해 주시라요."

"네 아버지가 우리 집안을 크게 망신시키고 있는데, 너까지 그러겠다는 거냐? 네가 정신을 차려야 하느니라."

어머니가 되레 정식과 맞잡은 손에 힘을 주며 사정했다.

## 10

"뻐꾹, 뻐꾹."

정식이 두 손을 입에 모아 뻐꾸기 소리를 냈다. 오순의 초가집 울타리 오동나무 밑 어둠 속에 몸을 숨기고서. 노란 등잔불을 밝힌 창문이 울타리 너머로 보였다.

"뻐꾹, 뻐꾹."

아무런 기척이 없었다. 거듭거듭 뻐꾸기 소리를 냈다. 신호를 알아챘을 법한데도 여전히 반응이 없었다. 전에도 냉천에 나오지 않은 날에는 몇 번 그렇게 오순을 불러낸 적이 있었다.

정식은 나흘 동안이나 밥을 먹지 않고 방에 틀어박혀 농성했다. 가족 누구도 도무지 대화에 나서려 하지 않았다. 어디 여자가 없어서 하필 밥 먹기를 징검다리 건너뛰듯 하는 소작농 딸이냐, 세상에 여자가 그 아이 하나뿐이라더냐, 네 나이엔 치마만 두르면 다 좋다더니 네가 그 짝이로구나. 따위의 하나 마나 한 말만 고작 건넸다. 첫째 작은어머니는 시간이 지나면 자연히 해소될 풋사랑에 지나지 않는다고 자못 친절한 설교를 했다. 하지만 다른 식구들은 모두 진지하게 대화를 나누다 보면 신학문을 배운 정식의 얼토당토않은 말발에 걸려 일을 키우게 된다고 생각하는 듯했다.

정식은 배가 무척 고팠다. 그럴수록 마음속에서 순이에 대한 연모의 정은 점점 더 심지를 굳게 틀어박았다. 어머니가 끼니때마다 방에 들여놓은 밥을 처음으로 몇 숟갈 떴다.

땅거미가 지자 말없이 집을 나왔다. 말없이 집에 왔던 것처럼 말없이 학교로 돌아갔다고 여기기를 바랐다. 오순네 집으로 향했다. 어디 먼 데로 함께 도망치자는 결의라도 다지고 싶었다. 오순이 원한다면 무슨 일이든 마다하지 않을 작정이었다.

"뻐꾹, 뻐꾹."

마침내 등 뒤에서 인기척이 났다. 귀를 가만히 세웠다. 사뿐한 발걸음 소리가 아니었다. 마른 풀이 아무렇게나 발에 밟히거나 발부리에 돌멩이가 차이는 둔탁한 소리였다.

"살다 보니 별꼴 다 보는구나. 가을에 뻐꾸기 소릴 듣다니. 콜록, 콜록."

기침 소리가 곁들여 들렸다. 해수병을 앓는 오순의 아버지 목소리였다. 성큼성큼 다가온 오순의 아버지는 다짜고짜 정식의 멱살을 잡았다. 살펴보니 오순의 아버지뿐이 아니었다. 정식네 집 머슴인 팔복이도 따라왔다. 팔복이 손에는 몽둥이까지 들려 있었다. 두 사람이 정식을 와락 붙들어 좀 떨어진 갈대밭 언저리로 끌고 갔다. 정식이 몸부림쳤지만, 두 사람은 손아귀 힘을 늦추지 않았다.

"도련님, 제발 양반 체통을 지키쇼. 내일모레면 장가갈 사람이 왜 이리 집안에 흉 될 짓을 하는 거요. 신식 학교에 다니면 품행이 다 이렇소? 막된놈처럼 구는 것도 신식 풍조요?"

팔복이가 정색하며 말했다.

"왜 팔복이까지 이러오?"

"도련님 버릇을 제대로 고쳐놓으라는 분부를 받았소."

"뉘한테?"

"그런 말씀 하실 분이 한 분밖에 더 있소."

갈밭에 도착하자 팔복이가 보란 듯 몽둥이를 오순의 아버지에게 건넸다. 오순의 아버지가 정식을 밀쳐서 쓰러뜨린 뒤 몽둥이로 엉덩이를 거침없이 내려쳤다. 헉, 헉, 정식의 신음이 몽둥이질 소리에 뒤따라 터져 나왔다. 이 광경을 아무도 보는 이가 없다는 것이 다행스러우면서도 서운했다.

"곧 장가갈 사람이오. 살살 치오. 얼굴은 다치게 하지 말고."

심하다 싶은지 팔복이가 주의를 주었다.

"내가 알 게 뭐야. 콜록. 우리 딸년은 가슴이 새카맣게 탔어. 콜록."

"이러지 마시고 누이를 위해서라도 우리 할아버지를 설득해 달라요."

정식이 하나 마나 한 소리를 신음에 섞어 토해냈다.

"우리 딸년이 처신을 잘해 동네에 소문이 안 났기 망정이지……"

다시 퍽, 퍽, 몽둥이질하는 소리가 어둠을 뚫고 퍼져나갔다. 정식은 자신만 덩그러니 홀로 남겨져 괴물들과 사투를 벌이는 기분이 들었다. 삶이 기어코 불행의 길로 접어드는 것만 같았다. 불행이 저 앞에 보이는데도 그 길로 등을 떠미는 가족들의 몰인정에 치가 떨렸다. 순이 누이, 안 돼. 우리가 이렇게 갈라져선 안 돼. 냉천에서 함께 이야기 나누고 노래 부르던 기억을 어떻게 지울 수 있겠어. 누이, 안 돼. 안 된다고.

"며칠 굶어 허약해졌소. 그만 때리오."

"뭔 소리야. 반 죽여놓을 판인데. 조금만 더 엇나가면 내 딸년 혼인길이 막힌단데."

두 사람이 나누는 말이 까마득히 먼 곳에서 들려오는 소리처럼 정식의 귓전에 스치고 있었다.

11

하현달이 나뭇가지에 걸렸다. 무슨 말인가 정식에게 줄기차게 해주는 듯했다. 정식은 귀를 바짝 세웠다. 눈을 깜박여 달을 가까이 끌어당겼다. 그렇게 달을 바라보며 밤을 뜬눈으로 지새우는 중이었다. 눈두덩에 군살이 얹힌 것 같은 이물감이 점점 커져 거북살스러웠다. 동트는 시간이 두려운 새벽 도둑처럼 쫓겨 가는 바람이 거칠었다. 흔들리는 나뭇가지가 심술궂게 자주 달을 숨겼다.

기숙사 책상 앞에 앉은 정식은 한숨을 토해냈다.

봄가을 없이 밤마다 돋는 달도
'예전엔 미처 몰랐어요'

이렇게 사무치게 그리울 줄도
'예전엔 미처 몰랐어요'

달이 암만 밝아도 쳐다볼 줄을

'예전엔 미처 몰랐어요'

이제금 저 달이 설움인 줄은

'예전엔 미처 몰랐어요'

― 「예전엔 미처 몰랐어요」 전문

아무리 머리를 굴려도 처연한 신세를 돌파할 묘책은 떠오르지 않았다. 그저 억울할 뿐이었다.

## 12

주변의 미루나무에서 팔랑팔랑 떨어지는 노란 낙엽들이 허공을 갈랐다. 그 너머로 보이는 말 탄 사람의 모습이 조금씩 가까워졌다. 논둑길을 타고 다가오는 중이었다. 그 길은 학교로 오는 샛길이었다. 말 탄 사람이 교문 안으로 들어서면서 모습을 뚜렷이 드러냈다. 짐작이 틀리지 않았다. 정식

곁에서 잡담을 나누던 배찬경이 말 탄 사람에게 달려갔다. 그러다가 멈춰 서서 뒤따라오지 않는 정식을 의아한 눈으로 돌아보았다. 정식은 배찬경의 눈길을 외면했다. 배찬경이 말 탄 사람에게 고개를 숙여 인사했다. 그러고는 마부처럼 말 옆에 서서 정식 앞으로 다가왔다.

"할아비에게 인사도 않고, 못된 놈. 앞장서라. 어서 기숙사로 가서 집에 다녀올 채비를 해라."

할아버지가 정식을 나무랐다. 정식의 괴로운 심사를 참작한 듯 말투는 평소처럼 곰살가웠다. 정식은 대꾸 없이 먼 하늘만 쳐다보았다.

"혼례 이야기는 집에 가서 하자. 서둘러라. 얼마라도 해가 있을 때 산길을 타자구나."

배찬경이 정식의 팔을 잡아끌고 기숙사 쪽으로 향했다.

"선생님한테는 내가 대신 말해줄게."

왜 집에 가자는 것일까? 마음을 바꾸셨나? 정식은 못 이기는 척 배찬경에게 끌려갔다. 말을 탄 할아버지가 뒤따랐다.

"여기 오순의 뇌쇄적인 치마꼬리에 실성한 사내가 있으니 이름하여 김정식이렷다. 오순 또한 김정식에게 반한 척 꼬리를 김정식 얼굴 가까이 치켜세웠으니, 아휴 이 향기로운 냄새……."

배찬경이 작은 목소리로 변사 목소리를 흉내 냈다. 할아버지도 들었는지 큼큼, 군기침을 했다.

"에잇, 김정식의 다이아몬드 반지가 기렇게 좋더냐?"

정식이 걸음을 멈추고 배찬경을 쨰려보았다. 배찬경이 헤헤 웃으며 두어 걸음 뒤로 물러났다.

13

별들이 총총히 박힌 하늘 아래, 할아버지가 탄 말이 천천히 제석산帝釋山 골짜기를 올랐다. 정식은 말 옆이나 뒤를 따라 터벅터벅 걸었다. 하늘이 워낙 넓고 깊어서 지상의 모든 것들이 그 안에 푹 빠진 것 같았다.

"예로부터 혼처는 집안 어른이 정해주는 법이야. 기래야 서로 균형을 이룬 가문의 참한 규수를 고를 수 있어. 다시 말하지만, 아무리 세상이 변했다고 해도 소작이나 짓는 상놈하고는 우리 집안이 애당초 맞지 않는단 말이다."

정식은 결국 할아버지가 변한 것이 하나도 없음을 깨달았다.

"백금으로 집을 사고 천금으로 이웃을 산단다. 내가 오랫동안 네 장인 될 홍 영감을 지켜보았지. 근동에서는 드물게 인품이 반듯한 양반이야."

정식이 돌멩이를 향해 발길을 힘껏 내질렀다. 대굴대굴 굴러가는 돌멩이를 바라보다가 걸음을 멈추었다. 그것을 모르는 할아버지는 뭐라 계속 중얼거리며 앞서갔다. 한참을 가서야 인기척이 따르지 않음을 눈치채고 뒤돌아보았다. 정식과 큰 간격이 생긴 것을 알고는 말을 세웠다. 정식이 다시 터벅터벅 뒤따랐다.

"앞서거라."

이번에는 할아버지가 정식을 뒤따랐다. 수업 기간에 별안간 왜 집에 가자고 하실까? 다른 사람도 아니고 할아버지가 직접 데리러 오신 이유는 무엇일까? 정식은 가슴 한편에서 '설마'로 시작되는 의혹을 간신히 억누르고 억눌렀다.

"너희들 나이 또래의 남녀 간 감정이란 착시같이 허무한 거야. 무지개처럼 아름답지만, 다가가면 헛것이야. 그걸 경계하여 예로부터 오늘날과 같은 혼인 방식이 생긴 거야."

할아버지는 정식이 더는 귀 기울이지 않는 이야기를 계속했다. 할아버지의 목소리와 바람 소리만이 적막한 밤길에 스산하게 이어졌다.


14

"삼촌, 제발 문을 열어줘."

정식은 사랑채 골방의 방문을 두드리며 둘째 작은아버지 김인도金麟燾에게 사정했다. 어떻게든 방에서 빠져나와 도망쳐야 했다. 툇마루에 걸터앉은 둘째 작은아버지는 못 들은 척했다.

정식이 할아버지를 따라 집에 당도하자, 웬일인지 마당과 마루, 방들에 호롱불이 훤히 밝혀져 있었다. 울 밑에는 새로 화덕을 만들어 부인네들이 전을 부치고, 부산하게 부엌을 들락거렸다. 입맛을 당기는 기름 냄새가 집 안에 진동했다. 황해도 재령의 명신학교 교사로 있는 둘째 작은아버지도 집에 와 있었다. 밖에서 만나면 서로 항렬을 따져야 알 먼 데

사는 친척들까지 방과 마루를 차지해 술을 마시고 정겹게 이야기를 나누었다.

정식은 모처럼 만난 둘째 작은아버지가 지난 이야기나 나누자고 꾀는 통에 사랑채 골방에 들어갔다. 정식은 정식대로 집안에서 벌어지는 일들을 파악하고 둘째 작은아버지를 설득하거나 사태를 피할 방도를 강구하고 싶었다. 나이 차이가 얼마 안 나는 둘째 작은아버지는 형제처럼 함께 소꿉놀이하면서 어린 시절을 지냈다. 그런데 둘째 작은아버지는 밖에서 문을 걸어 잠갔다.

정식은 악을 쓰며 문을 때려 부술 듯 두드렸다. 창호지가 찢어지고, 문살이 부러졌다. 골방에 있는 책들도 닥치는 대로 집어 던졌다. 둘째 작은아버지는 뒷마당을 오가는 사람들과 잡담만 나눴다. 껄껄껄 웃기까지 했다. 정식의 발악이 거세질수록 웃음소리는 더욱 커졌다.

"야, 김인도! 네 옷과 책들을 다 찢어버리겠어. 문 열라."

어린 시절 서로 다툴 때처럼 반말을 써가며 협박했다. 벽에 걸린 둘째 작은아버지의 바지를 정말로 쭉쭉 찢었다. 둘째 작은아버지는 그래도 관심을 보이지 않았다. 그저 희희

낙락하는 이야기 소리와 웃음소리가 집 안을 맴돌 뿐이었다. 정식은 자신의 시간이 다하고 지옥의 시간 속으로 끌려들어 가는 것만 같았다.

## 15

굴레를 꽃술로 치장한 백마 위에 정식이 올라탔다. 사모관대를 차렸다. 고개를 푹 숙여 부끄러움과 불만, 몰염치가 동시에 비낀 얼굴을 숨겼다. 백마를 끌고 온 옆 마을 마부가 백마의 고삐를 잡고 앞에 섰다. 마을 사람들이 모두 정식의 집 앞 거리로 나왔다. 풍습에 따라 혼례식을 올리려 정식이 신부 집으로 출발하려는 참이었다. 정식의 나이 열다섯. 혼례를 올리기에 늦지도 이르지도 않은 나이였다.
"신랑, 얼굴을 들어라."
구경꾼들 틈에서 누군가 외쳤다.
"어깨도 의젓하게 펴고."
"고추는 잘 건사했는지 만져보고."
구경꾼들이 와아 웃었다. 우스워서 웃는다기보다는 좋은

날이니까 일부러라도 웃음을 선사하려는 마음이 작용했을 터였다.

제일 앞에 선 악대가 삼현육각三絃六角을 울렸다.

뻴리리리, 뻴리뻴리이이…….

피리의 날카로운 고음이, 뒤따르는 장구, 해금 소리와 이내 흥겹게 어우러졌다. 구경꾼들이 갈라지며 길을 열었다.

"이럇!"

마부가 백마의 고삐를 당겼다. 악대를 따라 백마가 움직이기 시작했다. 예물을 진 짐꾼들과 정식의 가족, 동네 사람들이 손을 흔들었다.

"정식아! 정식아!"

그때 누군가 부르는 소리가 들렸다. 행렬이 멈춰 섰다. 아버지가 괴춤을 붙잡고 백마 앞으로 튀어나왔다. 부르는 이가 아버지인 줄 알면서 마부가 말을 세웠다. 그래도 신랑 아버지니까 무슨 특별한 당부나 덕담이라도 할까, 바라는 것처럼 사람들의 눈길이 모두 아버지에게 쏠렸다. 물론 집안 어른들은 무슨 사고나 치지 않을까 우려하는 눈길을 숨기고 있었다.

"히히. 저기 순이네가 운다. 히히히."

순이네는 오순의 의붓어머니를 이르는 말이었다. 정식은 돌아보지 못했다. 실제 우는지는 알 수 없었다. 백마가 떠렁떠렁 워낭을 울리며 다시 출발했다.

정식은 배웅하는 사람들의 덕담을 흘려들으며 상념에 빠졌다. 사랑은 가슴 가장 깊은 곳에서 터 올라온 지고지순한 것, 사랑 이외의 대가와 바꿀 수 없는 것. 그것이 일시적 착시라니. 거짓이라니. 아내 될 사람과의 사랑은 어른들이 주재하는 혼약과 혼례의 관문을 거쳐서 완성되는 것이라니. 예로부터 내려온 관습과 전통이라는 말로 자연스럽게, 너그럽게, 당연하게 받아들이라니. 정식은 살아가는 일이야말로 거짓과 적당히 야합하는 행위의 연속이라는 생각을 떨치지 못했다. 어제의 정당함이 오늘의 부당함으로 변한다면 나는 매일 잘못을 저지르며 살고 있다는 것일까? 그것이 성숙해가는 과정이라고? 동경과 동정, 그리움이 쌓여 만들어진 자학과 한, 그것이 내 몫일까? 결국 나는 거미줄에 걸린 잠자리에 지나지 않을까?

어느덧 행렬은 동구 밖으로 나가는 다리를 지나는 중이었다. 차가운 강물에서 오리들이 헤엄을 쳤다. 바람에 맞서 힘겹게 어깨를 앞세우고 몸뚱이를 이끌어 갔다. 먹이를 구하고 번식하는 것밖에는 관심이 없는 저것들과 인간의 삶이 무엇이 다를까?

3장   3·1독립운동과 폐교

1

"김정식 군, 앞으로 나오게."

정식이 앞으로 나갔다. 김억이 교탁 앞을 내주며 노트 하나를 정식에게 건넸다. 정식이 며칠 전 김억에게 가져다준 시작 노트였다. 요즘 자신의 복잡한 심경을 토로한 시들이었다. 부조리한 주위 사람들에 대한 반항이기도 했고, 가슴 미어지는 심사의 한 단면이기도 했다.

"지금부터 김정식 군의 시를 음미하는 시간을 갖겠네. 김정식 군, 그 노트에서 접힌 부분의 시를 직접 낭송해 보게."

정식은 속마음을 고스란히 내보이는 것이 부끄러웠다. 용기를 냈다.

   접동
   접동
   아우래비 접동

   진두강津頭江 가람가에 살던 누나는
   진두강 앞마을에
   와서 웁니다

   옛날 우리나라
   먼 뒤쪽의
   진두강 가람가에 살던 누나는
   의붓어미 시샘에 죽었습니다

   누나라고 불러보랴
   오오 불설워
   시새움에 몸이 죽은 우리 누나는

죽어서 접동새가 되었습니다

아홉이나 남아 되던 오랩동생을
죽어서도 못 잊어 차마 못 잊어
야삼경 남 다 자는 밤이 깊으면
이 산 저 산 옮아가며 슬피 웁니다

-「접동새」 전문

 학생들이 와, 소리를 지르며 손뼉을 쳤다. 정식은 동무들을 똑바로 보지 못했다. 창밖에서는 위태롭게 휘어진 전나무 가지에 쌓인 눈이 이따금 우수수 떨어졌다.
 "자리로 돌아가도 좋네."
 김억이 다시 교탁 앞에 섰다.
 "박천 땅 진두강 가에 살았다는 형제자매에 대해 전해오는 슬픈 민담을 시로 읊은 거라네. 큰누나가 출가를 앞두고 의붓어미의 시새움을 견디다 못해 죽었댔다지? 그 원혼이 접동새가 되었댔다지? 남은 동생들을 못 잊어 밤이면 이 산 저 산 옮겨 다니며 구슬피 운댔다지? 시가 전보다 훨씬 안정

됐어. 장가를 가서 그럴까?"

정식은 장가를 들먹이는 김억의 말이 자신의 비굴한 처신을 모욕하는 것으로 들렸다. 당해도 싸다는 감정과 가야 할 길이 가로막힌 억울함이 교차했다. 가슴에 맺혔을 한 때문에 오순의 얼 또한 이 산 저 산 옮겨 다니며 슬피 우는 것만 같았다.

"시 속에 향토적 자연과 정서, 농촌의 소박한 인정 풍속까지 자연스럽게 담겼군. 곧 경성에 보내서 문예지에 발표되도록 해야겠네."

학생들이 다시 손뼉을 쳤다. 김억은 얼마 전 《태서문예신보泰西文藝新報》에 프랑스 상징주의 시를 번역해 소개했다. 「봄」「봄은 간다」 등의 시도 발표했다. 본격적인 문학 활동을 시작했다. 김억은 오순을 잊지 못하는 정식의 심사에 대해서는 아무런 언급을 하지 않았다. 설령 그 점에 관해 관심을 가졌더라도 입 밖에 내서 둘이 교감하는 영역 안으로 들어오는 것을 달가워하지 않았으리라.

정식은 혼례를 치른 뒤 달포 동안 구성 평지동 처가에서 지내다 학교로 돌아왔다. 신부는 풍습대로 1년 정도 친정에 그대로 머물기로 했다. 그 뒤 신부가 시댁으로 들어오면 정식은 첫째 작은아버지 부부가 쓰는 방에 신접살림을 차리기로 했다. 첫째 작은아버지네는 그사이 남산학교 앞에다 새 집을 지어 분가하기로 했다.

자포자기 심정이 된 정식은 신부를 건성으로 대했다. 다만 신부가 제 이름을 쓸 줄 몰라 이름을 쓰도록 글자를 가르쳐주었다. 또 홍순단洪順丹이란 이름이 마음에 들지 않아 홍상일洪尙一로 고쳐주기도 했다.

아내를 거느리고 살 바엔 평온한 생활이 되도록 애써야 하리라. 그러다 보면 오순이 마음 밖으로 사라질까? 하지만 아직은 그것이 희망에 지나지 않았다. 어두워지면 더 명료해지는 별들처럼 시간이 지나도 되레 오순이 가슴속에서 또렷이 살아나고 있었다.

## 2

정식이 김억과 함께 정주 읍내로 들어가는 신작로를 따라 걸었다. 김억이 할 말이 있다면서 오늘은 같이 하교하자고 했다. 정식은 4학년이 되면서 학교 방침에 따라 기숙사를 나와 읍내 하숙에 들었다. 김억의 집과 가까운 거리였다. 설날이 지나 날씨가 따뜻했다.

"자네들이 분개하는 마음을 잘 알아. 그러나 자네는 달라야 하네. 자네는 우리 민족의 정신을 지키는 시인이 되어야 해. 정신을 지키는 일은 나라를 구하는 일의 한 부분이지. 식민지 백성이라고 정신까지 일본 제국주의자들에게 지배를 당해서야 쓰겠나. 더구나 자네가 내 뒤를 이어 우리나라 신시를 개척해 나아갈 시인이 되기를 나는 간절히 바라네. 사람은 저마다 자기 소질과 능력에 맞는 방법으로 저항해야 효과적이야. 저항한다고 해서 무조건 대들면 불을 찾아 날아들다가 타 죽고 마는 부나비와 무엇이 다르겠나. 자네에게는 시를 쓰는 일이 일본 제국주의자들에게 저항하는 더없이 좋은 무기가 될 수 있어. 또한 자네만은 이념과 계몽 의지를 앞세운 안목이 좁은 시인이 되지 않기를 바라네. 그런 시인은 당대에는 어느 한편의 박수를 받을지 모르지만, 백년 후에까지 독자들의 가슴속에 살아 있지 않아. 백 년, 천년, 나라가 독립된 후까지도 민족의 정신이 깃든 시로 살아

남을 수 있도록 힘써주게나."

"우리 아버지를 저 꼴로 만든 놈들이 누구야요? 말해야 할 때 말하지 않는 사람이 되라고요? 차라리 시인이 안 될지언정 그렇게는 못 하겠어요."

"어허! 감정적인 복수는 일시적인 위안은 될망정 항구적인 승리와는 거리가 있네."

오산학교는 민족 교육을 목표로 설립되었다. 일본어가 국어로 인정받는 시기인데도 학생들은 조선어와 조선 역사를 배웠다. 학생 대부분이 일본어를 잘할 줄 몰랐다. 민족의식이 어느 학교보다 드높았다. 그런 배경 아래 독립운동을 고무하는 소식들이 학교에 전해졌다.

연전에 미국 대통령 윌슨이 민족자결주의 원칙을 발표했다. 일제의 은폐로 그 사실이 즉시 알려지지는 않았다. 하지만 일본 유학생들과 재미, 재중 민족 지사들의 활동을 통해 차차 국내에 알려졌다. 독립운동 분위기가 달아올랐다. 특히 일본 도쿄에서는 2·8독립선언식이 거행되었다. 오산학교 교사를 지낸 이광수가 가담하여 선언서를 직접 썼다. 미국에서는 민찬호閔粲鎬, 정한경鄭翰景, 이승만李承晩 등이 위임통치

청원서를 윌슨에게 보냈다. 일제에 의한 고종황제 독살설까지 나돌았다.

정식의 할아버지도 어디선가 그런 소식들을 들었다.

"넌 이제 어른이야. 자식까지 태어났어. 가장으로서, 장손으로서 책임을 한시도 잊으면 안 되느니라."

할아버지는 정식이 독립운동에 관여할까 조마조마한 심정이 되었다. 정식은 보름 전 첫딸을 보았다. 지난해 늦가을 아내가 아이를 낳으러 친정으로 갔다. 딸을 낳아서 섭섭했던지 할아버지는 이름을 간단히 구생龜生이라고 지었다. 구성龜城에서 낳았다는 뜻이었다. 김억에게는 정식이 독립운동에 끼지 못하도록 단속해 줄 것을 인편을 통해 당부했다. 그렇지 않아도 김억은 일부 교사들과 학생들 사이에서 은밀히 번져가는 수상쩍은 움직임을 눈치채고 정식을 걱정하던 중이었다.

정식은 문학적 스승을 자임하는 데다 인척인 김억을 다른 선생님들보다 어렵게 대했다. 그런 처지에 용기를 내서 김억과 논쟁을 한들 기대하는 결과를 얻을 것이라고 믿지 않았다. 할아버지 부탁을 받았다고 했으니 진정을 토로한다고 볼 수도 없었다. 부탁이 자신의 뜻으로 포장되어 강요될 뿐이리라. 나이 든 이들은 신념과 정의를 그럴듯한 이유를 대서 내팽개치고 어쩔 수 없다는 듯 군중 속으로 재빨리 스며드는 변신에 능했다. 그런 퇴행을 살아온 경험이 준 지혜라고 내세웠다. 정식은 나중에는 어서 이야기를 끝내자는 뜻으로 김억의 말을 듣고만 있었다. 정식의 태도가 자신의 당부를 수긍하는 증거라고 믿지 않았겠지만, 김억은 자신의 논리적 한계를 적당히 덮을 기회라고 판단했는지 뒤따라 말을 접었다.

근처 절에서 범종 소리가 은은히 울려 퍼졌다. 벌써 해가 지상에서 모습을 감추고 있었다. 서로 헤어져야 하는 갈림길에 다다랐다.

"자네 아버님처럼 허망하게, 일방적으로 일본 놈들에게 당해서는 안 된다는 점을 부디 명심하게."

김억은 마지못한 듯 정식에게 한 번 더 당부했다.

3

"우리는 우리 조선이 독립국이며 우리 조선인이 자주민임을 선언하노라."

갈산 장터 한가운데의 임시 연단 위에서 오산학교 학생 대표가 독립선언문을 낭독했다. 장터에는 오산학교 학생과 교직원, 용동 예배당 신자, 면민 등 수백 명이 모였다.

3월 1일 경성 태화관에서 열린 독립선언식에는 정주 출신으로 오산학교 설립자인 이승훈이 민족 대표로 참석했다. 이승훈을 비롯한 민족 대표들이 일경에게 체포되어 경무총감부로 압송되었다. 탑골공원에서는 대규모 군중이 모여 만세 시위를 벌였다. 이런 소식이 사람들의 입에서 입으로 오산까지 전해진 터였다.

3월 2일 오산학교 선생님인 박기준과 심재덕은 학생과 기독교인 80여 명을 모아놓고 만세운동에 참여를 독려했다. 직후 오산학교 학생들이 만세운동에 사용할 독립선언서를 만들었다. 독립선언서를 보관하다 발각돼 몇몇이 일본 헌병에 체포되었다. 갈산 장터 만세운동 전날인 3월 4일에는 오산학교 학생들과 용동 예배당 신자들이 나서서 밤늦게까지 주민들에게 격문을 돌렸다.

 군중은 손에 손에 태극기를 들었다. 학생들이 밤을 새워 그린 것이었다. 개중에는 자발적으로 그려서 들고 나온 이도 있었다. 지난 며칠 사이 이런 일들이 준비되고 있으리라고 정식은 눈치채지 못했다. 우리도 독립운동에 힘을 보태야 한다는 동무들의 말에 동조하는 정도로 의분을 품었을 따름이었다. 하숙에서 배찬경이 자주 보이지 않아서 동무들의 하숙에 놀러 다니는 줄로 알았다. 너처럼 말로만 독립운동을 해서 되겠냐고 배찬경을 핀잔했었다. 인제 보니 배찬경이 주동자 중의 한 사람임이 분명했다. 배찬경은 군중들에게 선언문이나 태극기를 나눠주는 대열에 끼어 있었다. 그저 해야 할 일이니까 해야겠다는 각오를 다지느라 조선 독립을 지껄이는 줄 알았는데, 직접 행동으로 나선 것이 놀라웠다.

 "대한 독립 만세!"

 "왜놈들은 물러가라!"

 선언식이 끝나자, 군중이 장터를 나와 중심가에서 행진을 시작했다. 배찬경이 낀 몇몇 오산학교 학생이 선두에 서서 구호를 외쳤다. 선생님들도 눈에 띄었다. 김억은 정식에게서 가까운 옆쪽에 있었다. 막상 시위가 일어나자, 그 격렬한 흐름에 망설이지 않고 동참한 것이 반가웠다. 흥분한 소수 학생이 일으킨 단순한 시위가 아님을 깨달았을까? 아니, 속으로는 학생들보다 더 먼저, 더 많은 울분을 키우고 있었는지 몰랐다.

군중 속에서 총검을 착용한 일본 헌병들이 달려오고 있다는 전언이 돌았다. 하지만 수적으로 워낙 우세했기 때문에 군중은 개의치 않고 기세 좋게 고읍역까지 행진을 계속했다.

4

"정식 학생, 정식 학생, 나와봐요."

하숙집 아주머니가 정식의 방 앞에 와서 불렀다. 정식은 마침내 올 것이 왔다고 생각했다. 방금 마당 안으로 누군가 들어오는 소리를 들었다. 그 소리에 귀를 기울이던 중이었다.

군중 규모는 줄어들고 있었지만, 만세운동은 연일 계속되었다. 3월 31일 정주읍 시위에서는 무려 스물여덟 명의 사망자가 나왔다. 시위를 저지하는 일제 헌병의 총탄에 희생된 것이다. 그런 중에 오산학교 학생들이 날마다 몇몇씩 자취를 감추었다. 자신은 비겁분자가 되기 싫어 열성적으로 참가했는데, 되레 열성분자들이 시위 현장에서 보이지 않았다. 배찬경도 아무 말 남기지 않은 채 사라졌다. 하숙에도 들어오지 않았다. 정식은 그럼 그렇지, 역시 변사 흉내나 내는 나약한 존재라고 비웃었다. 집으로 도망쳤거나 동무네 하숙에 박혀 숨죽이고 있으리라. 나중에 돌아와서는 궁색한 변명을 하리라. 하지만 도망친 것이 아닌 것 같다고 생각하게 된 것은 어젯밤 하숙집 아주머니의 겁에 질린 목소리 때문이었다.

"아무래도 찬경 학생이 잡혀간 것 같네."

지레짐작으로 하는 말은 아니었다. 아주머니는 실제 그럴 가능성이 짙다고 판단하고 있었다. 정식의 고향인 곽산이 친정인 아주머니는 거기서 흘러들어 오는 소문에까지 귀를 세우고 있었다. 곽산에서는 엊그제 더 큰 참살 사건이 일어났다고 했다. 시위 참가자들이 수천 명에 이르자 일본 헌병들이 무차별 총격을 가했다. 심지어는 미친개를 잡는 데 나 사용하는 쇠갈고리를 휘둘러 닥치는 대로 죽였다. 갈산에서는 헌병 체포조가 시위 현장에서 보아둔 얼굴들의 집을 찾아 움직인다고 했다. 아주머니는 배찬경을 걱정하는 한편, 그렇지 않아도 의심스러운 정식의 행동에 적극적으로 간섭했다. 기어코 정식에게도 체포의 순간이 온 것일까?

정식이 꾸물대고 있자, 문이 덜컹 열렸다.

"갓놈아, 뭘 해?"

정식은 가슴에 걸려 있던 불길한 기운 하나가 쑥 빠져 달아나는 것을 느꼈다. 일어나 인사를 했다. 짐승 털로 된 목도리를 귀까지 덮은 할아버지가 말에서 내렸다.

"가자, 집으로."

할아버지는 거역할 수 없도록 눈에 힘을 잔뜩 주고 명령했다.

"나라의 독립도 좋고 민족의 자주권도 좋다. 허나 장손에게 변고가 생기면 집안 꼴이 어찌 되겠느냐? 집안이 온전해야 나라도 지켜지는 법이야."

"못 가요."

"못 가?"

할아버지는 정식이 말로만 해서는 듣지 않는다는 것을 알고 있었다. 문 앞으로 다가와 정식의 손을 냅다 잡아챘다. 정식은 힘을 다해 버텼다. 할아버지의 말처럼 나라의 독립만이 중요한 것이 아니었다. 자신의 독립도 중요했다.

"네 구촌 아저씨와 칠촌 아저씨가 시위에 끼어들었다가 그저께 밤에 잡혀갔단 말이다. 죽일 놈들이 뼈를 뚝뚝 분질러 내보낸다더라. 어서 가자꾸나."

할아버지가 정식의 손을 힘껏 잡아당겼다. 할아버지의 완력은 젊어서부터 명성이 있었다. 호랑이를 실제 때려잡는 괴력을 발휘하는 모습을 보인 적은 없지만, 곽산 사람들은 누구나 호랑이도 때려잡을 사람이라고 하면 응당 할아버지를 지칭하는 줄 알았다. 막 나가는 광부들도 할아버지 앞에서는 쩔쩔맸다. 곁에서 지켜보던 하숙집 아주머니가 마루로 올라와 정식의 등을 떠밀었다.

"할아버지 말을 들어. 일단 무사하고 볼 일이야."

결국 정식은 마루를 거쳐 마당으로 끌려 나왔다.

5

멀리 동쪽 산마루 위로 기러기 떼가 꾸룩꾸룩 울면서 줄지어 날아갔다. 겨울을 난 뒤 북쪽 나라로 터전을 옮기는 모양이었다. 해거름 어스름 속으로 자취를 감추는 기러기 떼를 바라보면서 정식은 떨어지지 않는 발걸음을 옮겼다. 할아버지는 전처럼 제석산을 넘어가는 길을 택했다. 말을 탄 할아버지는 이번에도 정식을 앞세웠다. 도망치지 못하도록 뒤를 막아선 셈이었다. 덜 녹은 눈 때문에 길이 미끄러웠다. 말이 이따금 발을 잘못 디디면서 힘겹게 콧김을 내뿜었다.

"어?"

할아버지가 갑자기 놀란 목소리를 냈다.

"저, 저기 불길을 봐라."

정식이 멈춰 서서 뒤쪽을 바라보았다. 저 아래 마을 쪽에서 시커먼 연기와 불기둥이 치솟고 있었다. 이미 크게 번졌다. 무엇인가 무너지고 터지는 소음에 섞여 탁한 단속음까지 들려왔다. 총소리일까? 천방지축 움직이는 작은 불빛들도 보였다.

"오산학교로구나."

어젯밤에도 오산학교 본관에 불이 났었다. 누군가 석유를 뿌리고 불을 질렀다. 발견한 학생이 기숙사 학생들을 모두 깨워 크게 번지기 전에 겨우 껐다. 정식은 학교 쪽을 향해 냅다 뛰었다. 몇십 보나 내달렸을까. 어느새 말에 채찍을 가해 달려온 할아버지가 정식 앞에 버티고 섰다.

정식은 달아날 방도를 찾으려고 두리번거렸다. 말이 히이잉 울면서 두 발을 치켜세웠다. 서슬에 놀랐는지 잠자리에 찾아든 새들이 푸드덕 날아올랐다. 할아버지가 말에서 뛰어내려 다시 달아나려는 정식의 뒷덜미를 움켜잡았다. 정식은 정말 거미줄에 걸린 잠자리 꼴인 자신에게 화가 났다.

"저걸 보면 모르겠느냐? 하마터면 네게까지 화가 미칠 뻔했구나."

"놔요. 할아버지는 완전 이기주의자, 보신주의자라요."


6

정식은 배찬경과 옥녀봉 냉천을 향해 나란히 걸었다. 다리를 저는 배찬경은 지팡이를 짚었다. 보름 동안이나 헌병대에 잡혀 있었다.

"그딴 말도 안 되는 상상일랑 아예 하지 말라우."

배찬경은 자신이 헌병에게 잘못했다고 싹싹 빌고 풀려났으리라고 정식이 지레짐작한다고 여겼나 보았다. 그것에 대해 스스로 변명하고 화를 냈다. 정식은 전혀 그렇게 여기지 않았다. 설령 그랬다고 하더라도 위로하고 걱정할 참이었다. 그런데 극구 변명하는 자신의 모습을 보자니, 정식이 지레짐작했으리라고 예감한 것이 사실은 제 속내를 드러낸 것과 다를 바 없다는 생각이 별안간 스쳤다.

"워낙 잡혀 온 사람들이 많았어. 중요한 역할을 한 인물들이 적잖으니까 난 피라미에 지나지 않더라고."

"다리는 왜 부러졌어? 대어를 낚는 데 얼쩡거리지 말라고 분지른 거야?"

"잡혀가자마자 몽둥이세례를 받았어. 이 대갈통이 박살나지 않은 게 다행이라우."

배찬경은 앞으로 정식의 말 그대로 대어로 성장해서 대차게 독립운동을 벌이겠다는 다짐을 덧붙였다. 정식은 배찬경의 말이 허풍에 머물던 시기에서 진작에 벗어났음을 인정했다. 배찬경 보기가 부끄러웠다. 배찬경은 잡혀가서 크든 작든 고초를 겪었는데, 자신은 할아버지를 따라 집으로 도망친 셈이 되었다.

"난 배재학교로 가기로 했어. 할아버지가 신식 물을 많이 먹으면 사람 버린다고 꿈쩍 안 했는데, 만주 작은아버지가 할아버지에게 편지를 보내 설득해 줬어."

배찬경이 말을 이었다.

"요양이나 잘해."

"너도 같이 가자."

오산학교는 전소되었다. 헌병대가 불을 질렀음이 밝혀졌다. 언제 재건되어 문을 열지 예측할 수 없었다. 선생님들은 다른 일터를 찾아서 흩어졌다. 사정이 허락되는 학생들에게는 학교를 옮기는 것이 당연시되었다. 김억은 조선 최초의 종합 문예지로 창간된 《창조》 동인으로 활동할 것이라고 했다.

"난 할아버지에게 아무리 사정한다 해도 허락이 안 떨어질 거야. 광산에서 뻔쩍뻔쩍 빛나는 금광석이 와르르 쏟아져 나오기 전에는. 제발 너만이라도 대어의 꿈을 이루길 바라."

배찬경은 모처럼 정식에게 우월감을 느끼는 눈치였다. 남산학교에서든 오산학교에서든 공부를 월등하게 잘하고 시까지 잘 짓는 정식을 눌러본 적이 없었다. 정식의 일본 유학까지 염두에 두었다던 할아버지의 말은 금광 개발의 성과에 따라서 참말이 되기도 했고 거짓말이 되기도 했다. 큰돈을 투자한 금광은 그만큼 기대를 부풀렸지만, 아직도 기대가 현실이 되지는 않았다.

정식은 피리를 꺼내서 불었다. 배찬경은 이 생각이 왜 이제야 났지, 라는 투로 눈동자를 키우고 정식을 바라보았다.

"너도 들었겠지? 오순, 오순이 말이야."

정식이 피리 불기를 멈추었다.

"또 헛소릴 지껄이려고?"

그렇지 않아도 생각이 자꾸 오순에게 기울어지던 참이었다. 오순이 사는 강변의 오두막이 가까이 보였다. 눈길이 오순의 자취를 찾아 자꾸 거기로 향했다. 예전엔 피리를 불면 오순이 제꺽 달려왔다. 이젠 오순을 찾을 핑곗거리도 없었고, 찾아서도 안 되었다. 마을에 떠돌다가 만 소문의 불길이 기름을 만난 듯 다시 타올라 오순의 앞길을 망칠 것이 두려웠다. 정식은 그저 손목에 매인 댕기만을 망연히 바라보았다. 결혼 직후 처가에서 지낼 때 아내는 손때가 묻었다며 빨아주었다. 사연을 묻지 않았고 가르쳐주지도 않았지만, 시 쓰는 이 특유의 부적이라고 여기는 눈치였다.

"헛소리라니. 그럼 말하지 말아야겠다. 네 가슴이 미어져 폭삭 주저앉는 꼴을 봐야겠구나야."

"헛소리가 아니면 말해보라우."

"오순, 오순이 말이야."

배찬경이 진지한 표정을 지었다.

"어서 말해보래도."

"시집갔대."

정식도 며칠 전 그 말을 들었다. 머슴 팔복이가 순이가 시집갔다고 정식이 들으라는 듯 옆집 사람과 큰 소리로 떠들었다. 정식은 무심한 척했다. 정식이 집에 돌아왔으니 혹시 오순을 찾아갈까 염려해서 하는 거짓말로 여겼다.

"나 들으라는 말이 네 귀에까지 들어갔구나?"

"아냐. 혼례식도 없이 이불 하나 달랑 싸 들고 신랑 집으로 갔대."

이야기가 구체적이었다. 정식의 얼굴이 벌겋게 상기되었다.
"신랑이 누군데?"
"철산에 사는 사람이래."
"거짓말이지?"
"나이 스물이 넘으면 여자는 시집을 아예 못 갈 수도 있어. 이미 장가간 너를 평생토록 기다려야 해? 네가 네 갈 길을 갔듯 순이는 순이 갈 길을 가야지."

배찬경의 말은 하나도 틀리지 않았다. 첫딸 구생이 태어난 소식까지 온 마을에 퍼졌고, 집안 어른들은 마을 사람들로부터 축하 인사를 받았다. 하지만 그래서는 안 될 것이 그렇게 된 것처럼 자신과 무관하게 세상이 뒤틀려 버렸다는 생각을 정식은 떨치지 못했다. 오순의 편지가 기억났다. '내 삶의 여정이 정식을 종착점으로 하여 멈추어버렸소. 혼인 따위가 무슨 대수요. 몸은 가까이 있지 못할지언정 마음이 동거하면 되는 것이오.'

어느덧 눈앞에 냉천이 펼쳐졌다.
"순이 누이!"
정식이 두 손을 모아서 냉천을 향해 외쳤다. 절벽에 부딪힌 외침이 폭포 소리와 함께 메아리로 돌아왔다.

7

　오순의 집을 거쳐 온 어둠이 석양을 몰아냈다. 정식이 홀로 강변의 갈밭 사이를 거닐었다. 동녘에서 붉은 달이 솟아올랐다. 달빛을 쬐던 갈게들이 인기척에 놀라서 갈대 속으로 허둥지둥 달아났다. 잠자리를 찾아 갈밭에 깃을 접는 물새들이 부산을 떨었다.

> 저녁 해는 지고서 어스름의 길
> 저 먼 산엔 어두워 잃어진 구름
> 만나려는 심사는 웬 셈일까요
> 그 사람이야 올 길 바이없는데
> 발길은 누 마중을 가잔 말이냐
> 하늘엔 달 오르며 우는 기러기
> 　　　　　　　－「만나려는 심사」 전문

정식이 나지막이 자작시를 읊조렸다. 만날 사람은 떠났고, 오라는 사람은 없었다. 그런 밤길을 하염없이 걸었다.

8

"갓놈아, 할아버지가 부르신다."

농사철을 앞두고 농사 문제를 할아버지와 상의하고 사랑방을 나온 첫째 작은아버지 김응열이 정식을 불렀다. 목소리가 밝았다. 할아버지는 금광 채굴 현장에서 조금 전 집에 당도했다. 왜 부르실까? 금광 일이 잘 풀리나? 배찬경처럼 학업을 계속 잇게 해주면 좋으련만.

"오산학교는 당장 재건키 어렵다더라."

할아버지가 뜻밖에 돈을 내놓았다.

"딸도 볼 겸 처가에 다녀오너라."

기대에 미치지 못했지만, 나쁘지는 않았다. 이참에 정식의 꼬인 심사를 풀어주어야겠다고 마음먹었나 보았다. 오 씨 집 근처엔 얼씬하지 마라. 동네 사람들이 대를 이어 미친놈이 나왔다고 수군거리면 어쩔 테냐? 아마 이런 말도 덧붙이고 싶었을 터였다. 하지만 다른 말은 하지 않았다. 자꾸 금기를 언급해서 금기에서 빠져나오게 할까 염려했으리라.

마침 정식은 바람이라도 쐬어 숨통을 터야겠다는 생각을 키우고 있었다. 오산학교가 불타는 광경이 자꾸만 머릿속을 어지럽혔다. 자신과 동무들이 함께 화염에 휩싸여 아우성치는 꿈을 꾸다가 벌떡 일어난 적도 있었다. 미운 정 고운 정이 든 배찬경마저 엊그제 경성으로 떠났다. 배재학교로 적을 옮긴다고 했다. 꿈꾸던 찬란한 미래가 너무 일찍 아무것도 겨냥할 수 없는 암흑세계로 변했다. 아이를 보고 싶은 생각은 지나가는 바람처럼 잠시 머릿속에 스칠 뿐이었다. 아이에게, 아내에게 응당 할 도리를 못하는 것도 부끄러웠다. 당시唐詩를 읽고, 김억의 당부대로 프랑스 상징파 시인들의 시도 탐독하면서 막연히 분출구를 찾고 있었다. 정식은 돈을 받아 들고 사랑방에서 물러 나왔다.

아버지가 안채 마루 옆에서 씨부렁대며 서 있었다. 자신이 신던 낡은 당혜唐鞋를 들어 전화기처럼 귀에 대고서.

"우리 정식이 다니는 학교를 각하가 불태웠소? 총독 각하, 아니, 야, 이놈아, 우리 정식이가 크면 너부터 때려죽이라고 할 거야."

읍내 순사주재소에 전화기가 가설됐다더니 통화하는 모습을 엿보았을까?

9

장맛비가 하염없이 내리는 저녁 무렵 정식은 평양역에서 가까운 장별리의 한 여관에 몸을 부렸다. 지명 장별리將別里는 영원한 이별을 뜻하는 장별리長別離와 발음이 같았다. 그것이 장별리로 발걸음을 이끈 계기가 되었다. 막상 와보니 장별리는 기생들의 노랫소리와 환락에 취한 사람들의 소음이 일상화된 거리였다. 이미 날이 저물어 다른 데로 여관을 옮기기도 어려웠다.

남단동 집을 나온 뒤 정식은 처음엔 할아버지 당부대로 서산 평지동 처가로 향했다. 처음 대면하는 딸 구생을 안고 업고 달래면서 며칠을 보냈다. 그런데도 마음속 텅 빈 기운이 좀체 가시지 않았다. 장모는 자꾸 한눈을 파는 정식에게 심신이 쇠약해졌다면서 여행을 권했다.

평양행 열차를 탔다. 차창 밖으로 비가 내렸다. 버드나무들이 한껏 물이 올라 치렁치렁 늘어졌다. 고향에서는 5월 장마를 고사리장마라고 불렀다. 지금쯤 어머니나 작은어머니는 남산 주변으로 고사리를 꺾으러 다니리라. 자식에 대해서는 한숨을 돌렸으리라.

정식은 기생들의 노랫소리에 잠 못 이루고 뒤척였다. 이제 자식까지 두었다. 누이는 혼인을 했다. 현실이란 이처럼 희망을 도외시하고 냉혹하게 흘러가지. 가당찮은 희망을 현실로 간직하는 사람을 못난 놈이라 하지. 과연 내가 못난 놈일까? 정식은 벌떡 일어났다. 불을 켜고 책상 앞에 앉았다. 못난 놈이라는 사실을 가슴에 새기기 싫었다. 일부러 낮에 거리에서 본 소회로 생각을 바꾸었다.

>연분홍 저고리 빨갛게 불붙는
>
>평양에도 이름 높은 장별리
>
>금실 은실의 가는 실비는
>
>비스듬히 내리네, 뿌리네

털털한 배암 무늬 양산에

내리는 가는 실비는

위에랴 아래랴 내리네, 뿌리네


흐르는 대동강 한복판에

울며 돌던 벌새의 떼 무리

당신과 이별하던 한복판에

비는 쉴 틈 없이 내리네, 뿌리네

　　　　　　　　-「장별리將別里」 전문


## 10

저물녘 대동강이 붉게 타올랐다. 강 속에서 고찰 영명사가 황금 옷을 입고 찰랑거렸다. 그 사이를 거룻배 한 척이 천천히 노를 저으며 지나갔다. 강변 숲길에는 기름종이로 만든 우산을 함께 쓴 젊은 남녀가 거닐었다. 비를 무릅쓰고 경치를 만끽하며 속마음을 나누나 보았다.

정식은 풍광을 제대로 마음에 담지 못했다. 연광정을 거처 대동문, 을밀대, 청류벽 따위의 평양팔경에 나오는 명소들을 차례로 둘러보았다. 연당에 내리는 빗소리를 듣는다는 연당청우蓮塘聽雨나 을밀대에서 봄을 감상한다는 을밀상춘乙密賞春이고 뭐고 그저 연당과 을밀대에 갔었다는 사실만 기억될 뿐이었다. 희망이 현실이 되지 못했다는 사실을 잊어야 한다는 강박관념이 풍광에서 눈을 돌리게 했을까?

을밀대 밑 둔치에서 사람들이 웅성거렸다. 정식은 고구려 장대인 최승대로 오르려다가 발길을 사람들 쪽으로 돌렸다. 낚시를 하거나 그물질을 하던 사람들이 모여 있었다. 그들의 어깨 너머로 물에 흠씬 옷이 젖어 몸의 자태를 고스란히 드러낸 채 사지를 아무렇게나 벌리고 누운 젊은 여인이 보였다. 노란 치마에 덮인 배는 불룩 튀어나오고, 가슴께 자주색 옷고름에는 녹색의 물풀 몇 가닥이 걸려 있었다.

"애를 뱄군."

"칠성거리 모랫말에 사는 양갓집 규수라네."

"무슨 한이 기리 깊었다누."

"혼약을 했었디. 죽자 사자 연모하던 낭군감이 있었디. 그놈이 엊그제 대동문 안에 사는 갑부 딸과 혼례를 올렸다네."

"쯧쯧. 기렇다고 강물에 몸을 던져?"

사람들이 나누는 말에 정식이 귀를 기울이는 사이 누군가 슬그머니 옷소매를 잡아당겼다. 우산 대신 벙거지를 눌러쓴 추레한 중늙은이였다.

"내, 임자를 만나려고서리 아침부터 기다렸수다래."

중늙은이가 손에 든 질그릇 종발을 디밀었다.

"저를 아시나요?"

"전생에 우린 친구 사이였잖소. 난 전생을 똑똑히 기억하오. 암 기억하고말고."

정식은 무시하고 돌아섰다. 비록 비렁뱅이였지만, 말투는 범상치 않았다.

"우리 다시 만날 때까지 여기서 기다리갔수다래. 형편이 닿으면 찾아와 우리 함께 재밌게 놀던 전생 이야기를 나누자요. 기리고 나면 내게 몇 푼 적선할 마음이 절로 생길 거우다. 함께 극락왕생해서 다시 재밌게 살아보우다."

정식은 등 뒤로 흘려들으며 강변을 벗어났다. 차라리 내가 물에 뛰어들면? 다음 생엔 누이를 만날 수 있을까? 여관으로 향하면서 별안간 떠오른 생각을 정식은 내내 곱씹었다.

11

"어려워 말게. 어서 한 잔 들게. 자식까지 본 자네 아닌가."
 김억이 정식에게 술을 권했다. 정식의 어머니가 정식의 방에 차려준 술상에는 여러 가지 생선 요리와 소고기산적, 햇고사리나물, 데친 두릅 따위의 안주가 풍성했다. 인척인 데다 정식의 스승이라고 해서 어머니가 갖은 정성을 들였다. 정식이 김억과 술자리에 함께 앉기는 처음 있는 일이었다. 무척 어색했다.
 정식은 평양에서 열흘쯤 체류하다가 남단동 집으로 급히 돌아왔다. 김억이 찾아왔다는 둘째 작은아버지 김인도의 기별을 처가를 통해서 받았다. 작은아버지가 전한 소식은 그뿐이 아니었다. 정식의 아버지 병 치료 계획이 포함돼 있었다. 작은아버지가 신천에서 용하다고 소문난 김익주 목사를 찾아가 상의하니 자신이 안수기도를 하면 병이 낫는다고 장담했다는 것이다. 마침 김 목사가 가까운 신의주로 며칠 후면 사경회를 열러 오는데, 이 기회에 형의 안수기도를 부탁하자고 했다. 교사로 근무하는 재령에서 일부러 와서 할아버지를 설득하는 중이었다.

"신천온천에 병을 치료하러 왔던 환자가 온천욕으로도 낫지 않자, 김 목사를 찾아왔거든요. 김 목사가 안수기도를 하자 일주일 만에 감쪽같이 나아서 돌아갔습니다. 제가 직접 목격했다니까요."

할아버지는 지금은 미신 행위를 탐탁하게 여기지 않았다. 몇 번이나 굿을 했어도 아버지의 병은 차도가 없었다. 시간이 흘러감에 따라 되레 악화했다. 작은아버지는 이 문제 또한 정식이 남단동 집에 있으면 할아버지 설득에 도움이 될 것이라고 여겼나 보았다. 다행히 정식이 집에 도착하기 전에 할아버지 승낙을 받아냈다. 이틀 전 이미 할머니와 함께 아버지를 데리고 신의주로 떠난 참이었다.

김억과 정식이 술상을 사이에 두고 마주 앉았지만, 집안 분위기는 무거웠다. 신의주로 떠난 아버지가 오다가다 무슨 사고라도 낼까 우려했기 때문이었다.

"찬경이처럼 만세운동에도 앞장서 나서지 못하고, 여자와 한 언약을 지키지도 못했습니다. 전 쓸모없는 인간이 되고 말았어요."

"무슨 소릴 그렇게 하나. 시인이 되면, 그 모든 게 용서된다네. 시로 사랑과 독립이라는 결핍을 메꾸게. 문학은 결핍에서 잉태되네. 위대한 시인은 독립운동가나 한 여인의 지아비에 못지않다네. 그동안은 학생 신분으로 시를 발표했댔지만, 이젠 정식 시인으로 대접받도록 문예지에 발표하도록 하세. 내가 곧 경성에 가네. 자네 작품이 실리도록 하겠네. 자, 어서 한 잔 들게."

정식은 '결핍'과 '문학'이라는 말에 귀를 세웠다.

"부끄럽기만 합니다."

정식이 마지못해 잔을 들었다.

"어허, 정식 군은 자신을 너무 낮추는 흠이 있어. 내가 보기엔 자네의 시적 재능은 아주 유별나다네. 자네를 따를 시인이 우리 조선엔 아직 보이지 않는다네. 자부심을 갖게나."

정식은 별안간 먼 데서 암흑을 가르며 천천히 다가오는 빛줄기 하나를 바라보는 기분이 들었다. 자신의 시가 과연 그런 극찬을 받을 만할까? 취기에서 나온 공치사가 아닐까? 공치사가 아니라면 김억의 지도와 격려 덕분이었다. 김억은 그동안 정식에게 직접 시를 지도해 주었고, 시어도 다듬어주었다. 정식은 감사하다는 말도 제대로 하지 못하고 고개를 옆으로 돌려 술잔을 비웠다.

"자네는 시를 잘 쓰는 데서 으뜸이 아니라, 누구의 아류가 아닌, 자네만이 쓸 수 있는 시를 쓰는 유일한 으뜸이 됐으면 좋겠어. 자네의 이상이 현실의 무게를 감당해야 유일한 으뜸이 될 수 있어. 현실과 이상의 치열한 다툼을 통해 그어진 경계선이 자네 존재의 현재 가치이며 자네가 이룩한 이상의 가치야."

김억도 술잔을 비우고 말을 이었다.

김억은 프랑스의 베를렌, 구르몽, 노아유를 비롯하여 영국의 번스, 워즈워스, 블레이크, 러시아의 투르게네프, 아일랜드의 예이츠, 인도의 타고르 등을 논하고 그들의 시를 읊었다. 정식은 어느새 자신이 세계적으로 이름을 알린 시인들의 곁으로 바투 다가간 느낌이 들었다. 바로 직전까지 태어나서 최악의 열패감에 사로잡혀 있었는데……. 할아버지를 도와 농사를 짓거나 금광에 가서 일한다는 생각조차도 사치로 여겼는데……. 그 변덕 또한 부끄러웠다.

"세조 때 사람 최한경崔漢卿의 「화원花園」이란 시에 '고운

빛은 어디에서 왔을까?'라는 구절이 있다네. 같은 땅에서 자라면서도 어떤 꽃은 특별히 곱네. 자네 시가 내게 그처럼 경이로움을 안겨주었네. 내가 쓰고 싶었던, 아니 내가 써야 할 시들을 자네가 쓰고 있다네. 우리 시단의 미래가 자네의 시 속에서 강변의 금모래처럼 반짝이고 있단 말이네. 자, 한 잔 더 들게."

정식은 김억이 따라주는 술을 거푸 받았다. 그러면서 만세운동 직전에 김억이 한 당부를 기억했다.

"자네는 우리 민족의 정신을 지키는 시인이 돼야 해. …… 사람은 저마다 자기의 소질과 능력에 맞는 방법으로 저항해야 효과적이야. 저항한다고 해서 무조건 대들면 불을 찾아 날아들다가 타 죽고 마는 부나비와 무엇이 다르겠나."

당시에는 김억이 할아버지의 뜻을 대변하기 위해서 마음에 없는 말을 한다고 여겼다. 지금은 김억의 말이 김억의 깊은 심중에서 우러나온 말이라는 사실을 깨닫고 있었다.

12

 정식은 사랑방에서 서안에 지질책을 펼쳐놓고 보던 할아버지와 마주 앉았다.
 "오산학교는 당장 재건키 어렵다더라. 너도 찬경이처럼 경성으로 가서 공부를 계속하거라. 넉넉하지는 못할 테지만 유학비를 대주마."
 그렇지 않아도 지난해 여름 한 철을 정식의 집에서 보낸 김억이 정식을 경성 배재고보에 보내 공부하게 할 것을 할아버지에게 권유했었다. 마침 집안에 매캐한 연기처럼 넘실대던 근심을 어느 정도 물리친 뒤였다. 금광은 그 결정적 장래를 아직 알 수 없었지만, 채산성이 향상되고 있었다. 아버지의 병세 또한 어느 정도 차도를 보였다. 둘째 작은아버지를 따라 신의주를 다녀온 뒤부터였다. 할머니는 예수님 은혜가 부처님이나 용왕님 위신력보다 더 높다고 칭송했다. 덩달아 온 동네 사람들이 함께 기뻐했다. 할머니는 은혜를 입었으니 교회에 나가자고 할아버지를 졸랐다. 이해할 수 없는 종교적 행위를 미신이라고 여기던 할아버지는 결국 할머니만이라도 교회에 나가도록 승낙했다. 때맞춰 정식의 문학적 위상이 조금씩 달라졌다. 상업 계통으로 나갈 것을 원하는 할아버지는 정식을 못마땅해하며 신통하다고 여기지는 않았다. 하지만 가족은 문학도 신학문의 하나려니 여겼다. 정식이 공부를 더 하면 큰 인물로 성장할 것이라고 기대했다. 가족 또한 할아버지에게 정식의 경성 유학을 은근히 설득했다.

정식은 지난해(1920년) 2월 《창조》 5호에 「낭인浪人의 봄」 등 다섯 편의 시를 처음 발표했다. 같은 달에 《학생계》에 응모한 산문 「춘조春朝」로 '지地'에 입상했다. 올해는 정초부터 《학생계》 6호 현상 문예에 「이 한밤」 등 두 편의 시로 '천天'에 입상했다. 이어 《동아일보》 학생문예란에 시를 발표했다. 경성 같은 데서 정식의 독자라는 사람들이 편지를 보내왔다.

"말장난에 지나지 않는 시 나부랭이는 집어치우라. 시가 밥이 된다더냐, 돈이 된다더냐. 만세운동이니 하는 것도 관심 두지 말고. 글 장난보다는 발등에 떨어진 일에 힘을 쓰거라. 요즘 세상에 시문으로 태산에 오른들 뭐 하느냐? 두 발로 물레방아를 돌려 벼를 찧는 것만 못하느니라."

할아버지는 정식의 시들이 실린 신문이나 잡지를 안 보는 척 살짝살짝 보면서 정식이 오 씨네 딸을 잊지 못했음을 눈치채고 있었다. 드러내 놓고 말하지는 않았지만, 김억을 만나 시를 논하는 것조차 탐탁하게 여기지 않았다. 할아버지의 그런 태도에 정식은 공감하지 않았지만, 자신이 고작 콩대 위에 올라서서 세상 넓다고 흰소리 치는 청개구리 꼴은 아닌지 되돌아보는 계기로 삼았다. 얼마 전에는 아내가 둘째 딸 구원龜媛까지 낳았다. 그런데도 정식은 가정에 마음을 주지 못했다.

"지체 말고 수일 내로 떠나거라."

할아버지가 빈 곰방대로 재떨이를 텅텅 쳤다. 그 소리가 정식의 각오를 촉구하는 한편, 할아버지 마음에 깃든 걱정을 느끼게 했다.

4장   배재고보 시절과 도일渡日

1

1922년, 경성

  비가 부슬부슬 내리는 왕십리 밤거리를 정식은 배찬경과 함께 거닐었다. 김억에게 시작 노트를 가져다주고 하숙으로 돌아오는 길에 우연히 배찬경을 만났다. 배찬경의 하숙은 서소문 부근이었다. 다리는 다 나았다고 했지만, 아직도 저는 것이 표가 났다. 아마 평생 그렇게 걸어야 할 것 같다고 했다. 그런 외양 탓에 정식은 다가오는 배찬경을 단박에 알아보았다.

김억은 경성에 올라와 재작년(1920년) 여름부터 1년 남짓 염상섭橫步 廉想涉 등과 '폐허廢墟' 동인으로 활동했다. 이후 번역에 몰두하여 지난해에는 『오뇌懊惱의 무도舞蹈』라는 우리나라 최초의 현대 번역 시집을 출간했다. 문단에서 크게 주목받는 인물이 되었다.

"자네, 붓끝이 단단히 여물었네. 자연에 대한 자네 특유의 감성에 관념이 융합된 시가 감미로운 소리처럼 흘러나오더군."

정식의 시작 노트를 살펴보던 김억은 함박웃음을 머금었다.

정식보다 한 해 일찍 경성으로 온 배찬경은 계획대로 이미 배재고보에 편입해서 다니는 중이었다. 정식은 다행히 우수한 성적으로 배재고보 5학년에 편입해 배찬경과 다시 동급생이 되었다.

"네 하숙은 서소문 부근인데, 어찌 여기까지 왔지?"

배찬경은 둘러댈 말이 궁한지 웃기만 했다. 그러더니 뜬금없이 종로나 서소문 일대의 술집을 품평하기 시작했다.

"그 집에서는 춘옥이가 제일 예뻐. 마음까지 어찌 그리 고운지……."

"……."

"이렇게 비 오는 날에는 시궁창에 빠진 발도 웃으면서 닦아준다니까."

"젖은 바지를 빨아서 다려주는 기생도 있다더라."

정식이 비꼬았다. 배찬경은 경성에서의 새로운 생활이 자못 신기한가 보았다. 애초부터 경성 사람이었다는 듯 이야기를 할 때마다 어깨를 으쓱거렸다. 하지만 문학계에 대한 동정은 하나도 몰랐다.

독립운동을 하는 사람들과 은밀히 내통할 터였지만, 그쪽 이야기는 입 밖에 내지 않았다. 물어도 모르는 척할 뿐 아니라 한갓 술과 여자나 탐닉하는 청맹과니 노릇을 자처했다. 3·1만세운동 이후 일제의 감시가 훨씬 더 삼엄해졌다. 자기 동무들과 비밀스러운 논의를 하려고 일부러 이곳 왕십리에 왔을까? 온 까닭을 말하지 못하는 것은 조직의 비밀을 지키고 정식을 보호하려는 의도가 작용한 결과겠지? 정식은 점차 나이가 들면서 서로 다른 길을 가는 사람처럼 배찬경과 괴리가 생기는 것이 서운했다.

정식이 술집 품평에 별 반응을 보이지 않자, 이내 둘은 동행이 가능한 길까지 대화 없이 걸었다. 미루나무 이파리에 내려앉았던 빗물이 후득후득 길로 떨어지는 소리만이 누군가 서러워 흐느끼는 소리처럼 고요를 깨뜨렸다. 불현듯 외롭다는 생각이 머릿속을 어지럽혔다. 거리는 사람이 많아 복잡했고, 다닥다닥 붙은 건물들이 시야를 가려 갑갑했다. 밤이 되면 붉고 푸른 전등들 밑에서 떠드는 소리로 소란했다. 하지만 낯선 장면과 모르는 사람으로 가득 찬 경성이 정식은 적적했다.

  비가 온다
  오누나
  오는 비는
  올지라도 한 닷새 왔으면 좋지

  여드레 스무날엔
  온다고 하고
  초하루 삭망이면 간다고 했지

가도 가도 왕십리 비가 오네

웬걸, 저 새야
울려거든
왕십리 건너가서 울어나 다오
비 맞아 나른해서 벌새가 운다

천안의 삼거리 실버들도
촉촉이 젖어서 늘어졌다데
비가 와도 한 닷새 왔으면 좋지
구름도 산마루에 걸려서 운다

— 「왕십리」 전문

2

 배재고보 교정의 전나무 숲을 거닐던 정식이 앞에서 다가오는 사람들을 보고 걸음을 멈추었다. 배찬경이 어떤 사람과 함께 오는 중이었다. 굵은 검은 테 안경을 썼는데, 어디서 본 듯한 사람이었다.

"어이, 정식 군. 찬경 군을 만나니 자네가 여기 있을 거라고 하더군."

어디서 본 듯한 사람이 먼저 말을 건넸다. 목소리를 들으니 나빈稻香 羅彬이었다. 경성에 올라온 직후 김억의 소개로 만난 적이 있었다. 나빈은 정식과 동갑내기였지만, 이미 3년 전(1919년)에 배재고보를 졸업했다. 경성의전京城醫專에 입학했지만, 문학에 뜻을 품고 일본으로 갔다가 집에서 학비를 보내주지 않는 통에 돌아왔다. 지난해에는 편집인 겸 발행인으로 모교의 《배재학보》 발간을 주도했고, 여기에 첫 작품인 「출학黜學」이라는 단편소설을 실었다. 요즘에는 현진건玄鎭健, 홍사용洪思容, 이상화李相和, 박종화朴鍾和, 박영희朴英熙 등과 함께 '백조白潮' 동인으로 활동하는 중이었다. 《백조》 창간호에 단편소설 「젊은이의 시절」을 발표하면서 본격적으로 소설가로서 활동을 시작했다.

나빈이 건네는 손을 정식이 맞잡았다.

"자네가 우리 조선 문단의 샛별로 떠올랐더군. 축하해 주려고 일부러 찾아왔네."

나빈이 손에 든 《개벽》 잡지를 들어 보였다.

"자네 시가 무려 마흔 편이나 실렸어. 우리 학교 편입 시험에 우수한 성적으로 합격했다더니만, 시까지 그리 잘 쓸 줄은 몰랐네. 김억 선생님 말씀이 맞았네. 수재가 나타났어, 수재! 정말 우리 조선 문단이 자네 덕분에 개벽하겠어."

나빈은 정식을 가까운 벤치로 이끌었다. 배재고보 출신이라서 아직도 학생인 것처럼 스스럼이 없었다. 정식과 배찬경이 앉고, 나빈은 앞에 섰다.

"빈말하지 말게."

정식이 겸연쩍이 대꾸했다.

"월탄月灘 朴鍾和이 시평에서 뭐라 한 줄 아나?"

나빈이 《개벽》지의 한 부분을 펼쳤다.

"'무색한 우리 시단에 소월素月의 시가 있다. 소월은 우리 민족의 혈관 속에 흐르는 조용한 인정과 꿈과 눈물과 순정을 남김없이 가지고 있는 시인이다.' '소월의 시도 대개가 애절과 무상을 감춘 함축 있는 민족시라 하겠다. 그러므로 소월 시의 정조情調는 바로 우리 민족의 감정이며 우리 민족의 낭만인 것이다.' 신인을 이렇게 극찬하는 경우를 보았는가."

나빈이《개벽》지를 정식에게 건네려 하자 배찬경이 냉큼 가로챘다.

"자네 이름이 이젠 소월이 되었군. 소월, 흰 달, 소박한 달, 겸손한 이름이어서 좋군."

배찬경도《개벽》지의 접힌 부분을 펼쳤다.

"내가 한 편 읊어보겠네."

배찬경이 눈으로 시를 골랐다.

나 보기가 역겨워

가실 때에는

말없이 고이 보내드리우리다


영변에 약산

진달래꽃

아름 따다 가실 길에 뿌리우리다


가시는 걸음걸음

놓인 그 꽃을

사뿐히 즈려밟고 가시옵소서

나 보기가 역겨워

가실 때에는

죽어도 아니 눈물 흘리우리다

— 「진달래꽃」 전문

"아직도 잊지 못하는 오순, 그 오순을 잊으려는 애절한 몸부림을 담았군. 근데, 자네가 오순을 배반했지, 오순이 자네를 배반했나?"

배찬경이 빈정거렸다.

"무슨 소린가?"

나빈이 눈동자를 번쩍 키웠다.

"자네가 오순 양을 그토록 사랑했단 말인가? 종로 기생 오순 양을?"

나빈이 의문을 가득 담은 눈으로 덧붙였다.

"말조심하시오. 나빈 선배! 오순 양은 김정식, 아니 소월 군의 옛 애인인 데다 요조숙녀요. 이미 회엥 딴 인간 품으로 날아갔지만."

배찬경이 나빈을 향했던 눈길을 정식에게 옮겼다.

"그런데 자넨 시인이 아무리 좋다고 하더라도 독립운동의 가시밭길을 더 흠모하는 듯하더니만, 결심을 바꾸었나? 잘했네, 잘했어. 실바람에도 건들거리는 갈대 같은 시인에게는 운동가의 가시면류관보다는 어여쁜 여자들이 애용하는 화관花冠이 어울리네."

배찬경이 빈정거림을 바꾸지 않았다.

"자네처럼 대놓고 하는 독립운동만 독립운동이 아니라네."

정식이 변명했다.

"그건 그렇다 치고. 오순의 남편이 주정꾼이라는군. 걸핏하면 오순에게 매질을 해댄다네. 매에 골병이 든 몸으로 주정꾼 남편 뒤치다꺼리하랴 농사일하랴 힘겹게 산다네."

정식이 귀를 세웠다. 이어질 다음 말을 듣고 싶었다. 하지만 정식은 나빈 앞이라서 아무것도 묻지 못했고, 배찬경은 입을 다물었다. 대신 마음에 담기지 않는, 배찬경이 내뱉은 말을 가슴에 묻고 곱씹었다. 그때 나빈이 나섰다.

"아, 종로 기생 오순이 그런 여자였군. 어쩐지 자꾸 연민을 자아내더니만. 자, 일어나세. 저 청진동 골목 내 단골 주점으로 가세. 거기 자네 보기 역겨워 떠나갔다가 남편 매에 골병이 든 오순 양이 와 있다네."

나빈이 정식과 배찬경의 어깨를 쳤다. 배찬경은 술이 당기는지 냉큼 일어나 정식의 손을 이끌었다.

3

방 안으로 들어온 여자가 전등을 켰다. 흐릿한 붉은 빛이 방 안을 밝혔다. 정식이 문 여닫는 소리에 잠에서 깨어나 실눈을 떴다. 여자가 정식의 머리맡에 앉아 얼굴을 빤히 쳐다보았다.

"여자가 가장 듣기 좋은 말이 무엇인지 알아요? 남자가 잠꼬대일망정 자기 이름을 불러주는 거예요."

여자가 정식에게 물그릇을 디밀었다. 술이 지나쳐 술상 밑에 쓰러져 잠이 든 정식을 나빈과 배찬경이 방으로 옮겨 놓았나 보았다.

"하룻밤에 만리성을 쌓는다는 말은 들어봤지만, 우리가 만난 지는 이제 겨우 서너 시간이나 될까? 제가 그리 좋아요? 순이 누이, 순이 누이. 다시 한번 불러주세요."

정식이 눈을 키웠다.

"뭐라고요?"

"아이, 한 번만 더 불러주세요. 아까처럼 애타게."

정식이 여자를 매몰차게 밀어냈다. 정식의 가슴 깊은 곳에서 실바람 한 가닥에도 이는 호수의 파문처럼 오순이 되살아났다. 오순을 위해서 무슨 일이든 해야 한다고 다짐했다. 그 일이 무엇일까?

> 몹쓸은 꿈을 깨어 돌아누울 때,
> 봄이 와서 멧나물 돋아 나올 때,
> 아름다운 젊은이 앞을 지날 때,
> 잊어버렸던 듯이 저도 모르게,
> 얼결에 생각나는 '깊고 깊은 언약'
>
> -「깊고 깊은 언약」 전문

4

개벽사開闢社 편집실 밖 호두나무를 감고 올라간 담쟁이잎들이 불만스러운 몸짓처럼 바람에 나부꼈다. 근처 나뭇가지에 앉아 있던 참새 대여섯 마리가 하얀 배를 드러내며 포르르 날았다. 정식은 방금 나빈이 한 말을 곱새겼다.

"왜 자네 시를 남이 고친단 말인가. 자넨 당당한 시인일세. 그뿐인가, 휘황한 장래가 약속된 시인 아닌가."

나빈만이 아니었다. 개벽사 주간 이돈화李敦化도 말하지는 않았지만, 정식이 직접 쓴 시구와 김억이 줄을 긋고 고친 시구를 견주어보며 불만이 드러나도록 고개를 갸우뚱거렸다.

정식은 경성 문단을 꿰뚫고 있는 나빈을 따라 개벽사에 첫걸음을 뗐다. 세상 사람들이 자신을 시인으로 부르도록 한 산파 역할을 한 잡지사였다. 그동안 시 원고를 김억에게 보냈다. 김억이 잡지사나 신문사에 보내 발표를 도와주었다. 그러다 보니 김억이 정식과 상의 없이 마음대로 시구를 고치는 경우가 종종 생겼다. 고쳐서 더 나빠졌다고 여겨지는 경우도 더러 있었다. 정식은 그것조차 자신의 안목이 낮은 탓이라고 여겨 내색하지 않았다. 김억 또한 정식에게 고친 것에 대해서 아무런 설명을 하지 않았다.

"아직도 제자에게 가르칠 게 많다는 뜻이 아니겠나. 기꺼이 노고를 보태주신 것으로 생각하네."

김억이 응당 그랬을 것이라고 생각하며 정식은 대꾸했다.

"허허."

나빈이 허탈한 웃음을 입꼬리에 달았다. 이돈화도 정식의 말에 동의하지 못하는 눈치였다.

"그렇담 자네 시를 민요시로 분류하는 것도 제자에 대한 애정의 발로인가? 월탄은 '소월 시의 정조는 바로 우리 민족의 감정이며 우리 민족의 낭만'이라면서 민족시라고 호칭하지 않던가. 그런데 김억 선생이 민요시로 단정하니까 다들 비판 없이 받아들여 소월은 민요시를 쓴다고 비평하는 것 아닌가?"

나빈은 정식에게 문학가의 자존심을 일깨워 주려고 작정한 것처럼 따지고 들었다. 정식은 마음 한편의 허전한 구석을 콕 집어주는 것처럼 공감했다. 시의 서정성을 우리 민족 고유의 한 많고 정에 겨운 정서에서 취하려고 애썼다. 그것을 쉬운 토속어를 사용하여 단조롭고 경쾌한 운율로 다듬었다. 그런 시작 태도를 김억이 말한 바대로 민족의 얼을 지키는 일이라고 믿었다. 또 김억은 정형률을 중요시하라고 했다. 견디고 견딘 끝에 남은 언어를 음률로 조율해야 그 본성이 곱게 나타난다고 여러 차례 강조했다. 그래서 민요의 본질인 구비口碑나 낭송에 쉽게 가 닿을 4·4조의 율조뿐 아니라 서구의 번스나 예이츠의 시처럼 7·5조도 많이 구사했다. 그런데 민요시라니. 정식은 내심 자신과 김억 사이에 굵은 금 하나가 그어진 느낌을 품고 있었다.

"민요시로 내 시를 분류하는 데에도 스승의 깊은 뜻이 개입해 있다고 보네. 요즘 일제의 감시가 얼마나 심한가. 드러내 놓고 저 사람이 민족시를 쓴다고 말하는 게 부담스러운 시국이 되어가고 있네. 그런 시인이라면 차차 요시찰인물로 변하지 않겠는가. 나는 민요시라는 말에서 역시 김억 선생님의 따뜻한 애정을 엿보네. 민요시든 민족시든 판단은 독자들 몫으로 맡겨놓으면 그만이네."

정식은 나빈의 말에 대한 공감을 드러내지 않은 채 대답했다.

"민족시를 탄압하면 머잖아 민요시도 탄압할 걸세. 허허."

나빈이 다시 허탈한 웃음을 입꼬리에 달았다.

"김억 선생의 행태야 어떻든 웅숭깊게 선생의 흠결을 감싸는 제자를 둔 김억 선생이 부럽네."

이돈화가 두 손으로 정식의 손을 움켜잡았다.

"소월이 아닌 다른 사람이 하는 말이었으면 자기를 빛나게 하려고 스승을 감싸는 사람으로 오해할 뻔했네."

나빈 또한 정식의 손을 움켜잡은 이돈화의 손 위에 자신의 두 손을 얹었다.

## 5

식탁의 한 면을 붙여놓은 벽에 난 유리창에서 빗물이 줄줄 흘렀다. 종일 겨울을 재촉하는 비가 내렸다. 김억이 자주 들른다는 세검정 우래옥에서 정식은 김억과 술잔을 기울였다. 여러 차례 술자리를 갖다 보니 처음의 불편함이 언제 그런 적이 있었냐는 듯 많이 가셨다.

"대상의 부재는 상실감과 함께 그리움을 자극하네. 그러나 상실감과 그리움에 너무 오래 천착하면 그것이 정신을 무참히 갉아먹네. 병든 인간이 되면 시혼 또한 병드네. 종내에는 시혼이 시인을 떠난다네. 시 소재가 고작 한 여성에 국한해서는 안 된다는 말이네."

김억은 취기를 이기려고 몸을 앞뒤로 흔들었다. 정식의 시적 대상으로 여인을 중심에 놓고 해석하며 지나친 걱정에 잠겨 있음이 분명했다. 정식은 이 말이 맞지도 틀리지도 않는다고 생각했다. 오순을 마음 안에서 떠나보내진 않았지만, 모든 시가 오순만을 대상으로 한 것은 아니었다. 오순 대신 민족과 나라, 저항을 은유하기도 했고, 그저 마음속으로 파고드는 풍광을 노래하기도 했다. 그래도 상실감과 그리움이 배어 나왔다. 김억이 마음을 써주는 것은 언제나 고마웠다. 하지만 김억이 가리키는 방향으로만 자신을 몰아갈 마음은 없었다. 김억 너머 유일한 으뜸의 세계는 무엇일까?

"소월, 며칠 전 문학인들이 모인 자리에서 나빈을 만났네. 내가 자네의 시를 고치는 문제에 대해서 나빈이 따지더군. 그래서 이렇게 말했네. 내가 동서양 시인들의 시를 읽으면서 쓰고 싶었던 시를 소월이 써오고 있었네. 금모래도, 님도,

진달래도, 갈잎도, 이별도 다 소월 것이 되었어. 소월이 더 성장하면 내가 쓸 시는 하나도 없게 될 것 같다네. 어느 날 그런 깨달음이 문득 나를 덮쳤다네. 부처를 죽이는 새 부처의 탄생을 예감하고 있다네. 앞으로는 자네 시를 고치지 않도록 노력하겠네."

정식은 김억을 슬며시 올려다보았다.

"선생님, 무슨 말씀을 그리하시나요. 취하신 것 같아요."

"아니네, 아니라니까."

김억은 자기의 잔에 다시 술을 채웠다. 밖에서 비치는 불빛이 빗줄기가 흐르는 유리창을 제대로 뚫고 나오지 못하고 아롱거렸다.

### 6

"일본으로 가겠다고?"

할아버지가 집안 형편을 알면서 하는 소리냐는 듯 정식을 쏘아보았다. 정식은 고집스럽게 사랑방의 할아버지 맞은편 자리를 지켰다. 더 말하지 않아도 말한 것보다 더 강하게 자신의 의사를 전달하는 중이었다. 할아버지에게는 논리와 설득보다는 갓놈 시절처럼 고집을 부리는 방식이 차라리 낫다는 것을 어느새 깨달았다. 그렇게 해서 원하는 것을 얻은 적은 없지만, 그나마 원하는 것을 얻을 가능성이 크다고 믿었다.

정식은 배재고보 졸업(1923년 3월)을 앞두었다. 입학한 지 1년 만이었다. 배찬경은 이번에도 정식보다 앞서서 도쿄 유학을 결정했다.

"호랑이 굴에 들어가야 호랑이를 잡지."

배찬경은 정식을 찾아와 유학의 변을 밝혔다.

"일본 놈에 대한 분노를 다 잊었다고 말하지 못하는군."

"분노를 감추고 힘을 길러야지."

정식은 집안을 일으켜 세우는 일이 장손인 자신에게 달렸음을 깊이 자각하고 있었다. 가세가 기울어서 유학을 보낼 수 없다지만, 유학이 가세를 일으킬 희망이라고 판단했다. 지금은 신학문을 배워야 행세하는 시절로 변하는 중이었다. 할아버지는 금광 개발에 신심을 잃었다. 금맥이 얼핏 얼핏 비쳤다가는 없어지곤 한다고 했다. 귀신 곡할 노릇이라고 한탄했다. 그런 상황이 반복되자 투자금이나마 건질지 의아스러웠다. 아버지는 병세가 호전되는 듯하더니 동네 아이들의 놀림감으로 되돌아왔다. 정식은 비로소 장손의 책무를 문 앞에 당도한 일로 가슴에 품었다. 생각 밖으로 내팽개쳐도 생각 안으로 돌아오고 마는 사명감으로 자리 잡아 갔다.

할아버지가 벌떡 일어나 사랑방을 나갔다. 정식은 스산한 방 안에 오래도록 앉아 있었다. 아무리 고집을 부려도 돈이 없으면 이룰 수 없는 일이 있다는 사실을 떨쳐내려고 모질음을 쓰면서.

7

나뭇가지들이 하얗게 치장했다. 들새들이 퍼덕거리며 나뭇가지 위에서 날개를 접느라 눈가루가 풀풀 날렸다. 나뭇짐을 진 오순 아버지가 오래된 느티나무 밑에 보였다. 남산에 올라가 겨울을 날 땔감을 해 오는가 보았다. 여전히 소작농이었고, 여전히 가난했다. 그래도 오순을 공부시킬 만큼 눈이 트인 사람이었다. 정식은 오순의 아버지와 마주칠까 우려하여 갈밭 사이로 난 길로 걸음을 옮겼다.

누구나 연인에게는 '옛' 자 하나면 앞에 붙이면 잊힌다는데……. 아, 누이를 보냈지만, 누이는 가지 않았다. 그런데도 누이를 위해 무슨 일인가 해야지 하는 다짐이 아직도 무위에 그치고 있었다.

지난밤엔 모처럼 오순이 꿈속에 찾아왔다. 칼바람이 부는 맹추위에서도 홑옷을 입고 있었다. 머리칼은 아무렇게나 엉클어지고 겉저고리는 찢겨서 맨가슴이 드러났다. 볼과 입술, 턱, 가슴 위에는 검붉은 상처가 나 있었다. 양 볼에는 마른 눈물 자국이 선연했다. 얼른 들어오라는데도 대문 밖에 서서 정식을 처연히 쳐다보았다.

"누이, 그놈이 또 때렸어?"

오순이 고개를 가로저었다.

"삶이 있는 한 희망이 있어. 세속적인 삶을 초월한 어떤 것, 그것을 찾으면 우리가 함께할 공간이 열릴 거야."

오순이 다가와 되레 정식의 어깨를 감쌌다.

"그런 공간은 현실에서는 없어."

"존재하지 않는 세계를 존재하는 세계로 만드는 게 시인이야."

그때 오순 뒤에 누더기를 걸친 사내가 서 있는 것이 보였다. 정식은 헛청으로 달려가 낫을 꺼내 왔다.

"네놈이 우리 누이를 이 지경으로 만들었지?"

정식이 사내를 향해 낫을 휘둘렀다.

"도련님, 나요, 팔복이요."

낫에 찔린 사내는 이 한마디를 남기고 눈을 감았다.

정식은 꿈속에서의 일이었으면 얼마나 좋을까 생각하며 가까스로 눈을 떴다. 깜깜한 밤이었다. 아랫목 이불 속에 누워 있었다. 정식은 안도의 한숨을 내쉬었다.

    그립다

    말을 할까

    하니 그리워

    그냥 갈까

    그래도

    다시 더 한 번……

저 산에도 까마귀, 들에 까마귀,

서산에는 해 진다고

지저귑니다


앞 강물, 뒷 강물,

흐르는 물은

어서 따라오라고 따라가자고

흘러도 연달아 흐릅디다려

— 「가는 길」 전문


8

 할아버지가 대문 안으로 들어섰다. 조악동 금광에 다녀오는 길이었다. 나흘 전 조랑말을 타고 집을 나섰는데, 터벅터벅 걸어 들어왔다. 타고 다니던 말은 두어 달 전 늙고 병들어 죽었다. 말을 타지 않고 나다닐 수 없으니까 값이 헐한 조랑말을 구했다. 동네 사람들은 조랑말을 타고 드나드는 할아버지를 보고는 민망해 눈길을 돌리곤 했다. 할아버지의 마른기침 소리를 듣고 마루로 나온 할머니나 어머니가 의아한 눈길을 보냈다. 건너채에 있다가 마당으로 나온 정식 또한 마찬가지였다. 하지만 가족 중 누구도 조랑말을 어떻게 했는지 묻지 않았다. 할아버지 또한 아무런 설명을 하지 않았다. 자신의 꼴이 말하지 않아도 말한 것보다 더 분명하게 지금 처한 상황을 드러낼 터였기 때문이리라. 정주 읍내에서 자전거 판매점을 운영하는 최형호의 빚 독촉이 얼마 전까지 부쩍 심했다. 최형호에게 담보로 잡힌 전답은 이미 최형호 수중으로 들어갔다. 지주 행세 하던 시절의 반의반이나 남았을까. 조랑말조차 광부들의 품삯이나 조악동에 오가며 들르던 주막의 외상값으로 압류되었으리라.

"따라오너라."

할아버지는 정식에게 잠시 눈길을 주고는 사랑방으로 들어갔다. 할머니의 도움을 받으며 두루마기를 벗은 할아버지가 아랫목에 좌정했다. 정식이 서안을 사이에 두고 할아버지 앞에 앉았다.

"가거라."

갑자기 무슨 말일까? 도쿄 유학을 염두에 두었을까?

"형편이 곤궁한데……."

"곤궁하니까 가야 한다고 네가 말했지? 한데 무슨 공부를 할 계획이냐?"

"상과대학에 진학하려고 합니다."

"모처럼 맘에 드는 대답을 하는구나."

정식의 셈으로도 문학으로는 생계가 막막했다. 법과로 진학하면 권세에 올라타기가 쉽겠지만, 일제 아래서 복무하기 싫었고 성격과도 맞지 않았다. 상과 역시 적성에 맞는다고 볼 수 없었다. 그래도 돈 버는 방법을 연구하면 장손으로서, 가장으로서 집안을 지키는 역할을 어느 정도 해낼 수 있을 것 같았다.

"신의주에 가는 사람에게 일본에 갈 네 여행증을 도청에 신청해 두라고 일렀다."

자식 생기고 나이 들면 당연히 이런 날이 올 줄 알았다는 듯 할아버지는 모처럼 흡족한 미소를 머금었다. 할아버지 옆에 앉은 할머니도 얼굴이 밝아졌다.

그때 밖에서 정식을 부르는 소리가 들렸다.

"너 일본 가면 총을 하나 사 와라."
아버지 김성도의 목소리였다.


9

관부연락선關釜聯絡船 선미에서 일장기가 펄럭였다. 물안개 속으로 부산항과 그 너머 일본식 목조건물과 창고가 즐비한 도시와 도시를 감싼 산들이 멀어지고 있었다. 정식에게는 흔쾌하지만은 않은 여정이었다. 과연 집안을 일으킬 수 있을지 그 전망이 저 물안개 너머로 보이는 풍경처럼 불투명했다. 넓은 세계에서 문학을 공부했으면 하는 소망은 이미 접었다. 아버지는 일본 놈들에게 당했다. 오산학교라는 민족 학교에서 항일을 배웠다. 오산학교가 불타는 모습을 보았다. 하지만 배찬경처럼 호랑이를 잡으러 호랑이 굴에 들어가는 것이 아니었다. 배찬경의 애국적 신념이 자신의 경우에는 논리적 비약, 또는 자신을 그럴듯하게 포장하려는 억지에 지나지 않았다. 열네 살에 정주 오산학교에 입학하면서 집을 떠난 이래 많은 시간 외지에서 생활했다. 아무리 문화가 다른 일본일지언정 외지 생활이 두렵지 않았다. 그래도 이번엔 가슴에 무거운 추를 하나 매단 몸이 됐다.
 어느새 뭍이 가뭇없이 사라졌다. 갑판에 나와 있던 승객들도 대부분 선실로 들어갔다. 정식은 푸른 바다 가운데 서서 습기를 머금은 바람을 고스란히 맞았다. 지치지 않고 여객선을 따라오는 시커먼 연기와 하얀 물거품을 갑판에 선 상태로 우두커니 바라보았다. 물거품 속에서 오순이 나타나 손을 흔들었다.

> 못 잊어 생각이 나겠지요
> 그런대로 한세상 지내시구려
> 사노라면 잊힐 날 있으리라

> 못 잊어 생각이 나겠지요
> 그런대로 세월만 가라시구려
> 못 잊어도 더러는 잊히오리다

> 그러나 또 한긋 이렇지요

'그리워 살뜰히 못 잊는데

어쩌면 생각이 떠지나요?'

-「못 잊어」전문

10

1923년, 일본 도쿄

벚꽃이 소리 없는 탄성을 내지르며 하숙집 뜰에 만발했다. 바람에 하얀 꽃비가 날렸다. 화창한 날씨에 비해 정식의 마음은 마냥 무거웠다. 오늘은 도쿄상과대학 합격자 발표날이었다. 발표를 보러 학교에 가지 않았다. 부탁하지 않았는데도 배찬경이 대신 갔다. 이미 도쿄에 온 배찬경은 메이지대학 법과에 합격했다. 정식은 배찬경의 하숙에 임시 거처를 마련했다. 정식의 대학 입시 응시 자격에는 흠결이 있었다. 오산학교가 3·1운동으로 불에 탄 뒤 세 해나 쉬다가 배재고보에 편입한 탓에 수업한 햇수가 응시 자격에 미달했다. 배찬경은 배재고보에 정식보다 한 해 일찍 편입해 문제가 없었다. 정식은 도쿄에 와서야 엄격한 자격을 요구하는 도쿄상과대학 입시 요강을 보았다. 요행을 바라는 마음으로 입학시험을 치르긴 했다. 전 과목에 걸쳐 비교적 잘 치른 셈이었다.

배찬경이 목제 대문을 밀고 들어왔다. 마루에 걸터앉아 벚꽃에 한눈을 팔고 있는 정식을 발견하고 다가왔다.

"그렇게 재간 좋은 자네가, 천재 시인이라 칭송받는 자네가……."

배찬경은 말을 다 맺지 못했다.

"짐작하고 있었어."

정식도 말끝을 흐렸다.

"자네에게 시를 쓰라는 운명이 주어진 거야. 그따위 상과대학에 입학하지 못하는 게 자네 인생에 추호도 문제 될 게 없네. 자네는 이미 훌륭한 시인이 되었으니까."

배찬경은 엉뚱한 말로 정식을 위로했다. 정식이 상과대학에 진학하려는 것에 대해서도 배찬경은 의아해했었다.

"찬경이, 세상이 끝내 나와 우리 집안을 버리려는 모양이네."

정식은 배찬경에게 할아버지의 금광 경영 실패 사실을 알려주었다.

"나가세. 술이나 한잔하면서 다른 방도를 찾아보세."

배찬경이 정식의 팔을 잡아끌었다.

"그런데 말이야, 조선 유학생 사회가 심상치 않다네. 유학생들이 주동이 된 2·8독립선언식을 도쿄 조선기독교청년회관에서 연 이래 일경의 감시가 더욱 심해졌다는군. 자네같이 마음이 여린 사람은 여기 일본 땅에서 견디기 힘들 거야. 합격하지 못한 게 차라리 잘된 일이지. 나도 학교를 그만두고 귀국할까 고민 중이네. 자네도 경성에 가서 일자리를 찾아보면 어때?"

대문을 나서면서 배찬경이 말했다.

"자넨 호랑이를 벌써 잡았나?"

"호랑이까진 잡지 못했지만……. 언제는 내 행동을 자네에게 일일이 알렸던가."

배찬경이 무슨 말인가를 하려다가 정색하고 멈추었다. 정식 또한 배찬경이 하는 일을 일부러 시시콜콜 알고 싶지 않았다. 두 사람의 서로 다른 목표가 앞길을 이미 뚜렷이 갈라놓은 상태였기 때문이다.

　두 사람은 인력거 손잡이 위에 걸터앉아 다리쉼을 하는 인력거꾼을 지나쳐 큰길로 나섰다. 길가에는 벚꽃잎이 눈처럼 쌓였지만, 정식의 발걸음은 어느 때보다 무거웠다. 정식은 기분 전환을 위해 하늘하늘 낙하하는 벚꽃잎을 향해 입을 벌렸다. 벚꽃잎 몇 개가 입안으로 들어왔다. 입을 더 크게 벌렸다. 그때 한 움큼의 이물질이 입안으로 들어왔다. 정식이 놀라 뱉는 모습을 보면서 배찬경이 깔깔 웃었다. 배찬경의 손에는 미처 정식의 입안에 다 넣지 못한 꽃잎이 들려 있었다. 정식도 벚꽃잎을 한 줌 주워서 배찬경을 향해 던졌다. 꽃잎이 두 사람 사이에서 하얀 눈송이처럼 휘날렸다. 두 사람은 서로 낄낄낄 웃으며 낙심을 덜어냈다.


11

　정식이 한낮 땡볕이 내리쬐는 하숙집 마당으로 들어섰다. 영어 학원과 수학 학원 수강을 차례로 마친 뒤였다. 사설 학원에 다니면서 부족한 공부를 보충하기로 했다. 다음 해 입

시에 대비할 작정이었다. 거기에 더해 김억처럼 외국어를 잘해서 외국 책들을 자유롭게 보며 신지식을 쌓고 싶었다. 서점에 가보니 일본어로 된 책뿐 아니라 영어로 된 책들도 많이 눈에 띄었다. 배찬경의 권유대로 귀국을 고려했지만, 대학을 졸업하고 돌아가야 돈을 벌든 취직을 하든 할 터였다. 며칠 전에는 우에노공원 앞에서 남산학교 시절 선생님인 서춘을 우연히 만났다. 서춘은 도쿄고등사범학교에 다니는 중이었다. 입학 응시 자격이 까다롭지 않은 도쿄고등사범학교라도 들어가 볼까 고민했지만, 입학 시기가 이미 지났다.

더엉, 더엉, 더엉…….

범종 소리가 고즈넉이 들렸다. 가까운 곳에 절이 있었다. 하숙집 주인아주머니는 군대에 나간 아들이 무사히 귀환하도록 해달라고 빌기 위해 매일 오전엔 절에 나갔다. 일찍 하교한 고등중학에 다니는 딸 도미코가 혼자서 집을 지켰다.

"선생님, 이 시를 일본말로 번역해 주시겠어요? 배찬경 선생님이 이 시가 참 좋다고 칭찬했어요."

도미코가 정식을 보더니 꽃사슴처럼 깡충깡충 뛰어서 뜰

로 내려왔다. 정식에게 《개벽》 5월호를 내밀었다. 경성에서 나빈이 보내온 것을 배찬경이 빌려 갔었다. 배찬경은 당분간 귀국하지 않기로 했다. 정식이 없는 사이에 반납한다고 도미코에게 준 모양이었다. 《개벽》에는 정식의 시 「예전엔 미처 몰랐어요」 등 다섯 편의 시가 실렸다.

도미코와 함께 뜰에 놓인 의자에 앉은 정식은 자신의 시를 일본어로 번역해 읽어주었다.

봄가을 없이 밤마다 돋는 달도
'예전엔 미처 몰랐어요'

이렇게 사무치게 그리울 줄도
'예전엔 미처 몰랐어요'

도미코는 한 구절씩 노트에 받아 적으며 슬픈 듯 눈빛을 흐렸다.
"선생님은 정말 훌륭한 시인이시군요."
도미코는 눈물을 손수건으로 찍어내며 찬탄했다.

"그저 식민지 출신의 가난한 학생에 지나지 않아."

정식은 존경하는 눈빛을 숨기지 않는 도미코를 뒤로하고 자기 방으로 들어갔다.

## 12

바람이 살랑살랑 피부를 간질여 더위를 식혀주는 회나무 그늘 속. 정식은 도미코, 배찬경과 함께 도시락을 가운데 두고 너럭바위 위에 둘러앉았다. 도심의 절 경내면서 많은 묘비가 곁에 있다고는 하지만, 고즈넉한 숲속 분위기였다. 마침 공휴일이라 배찬경이 찾아왔다. 귀국을 오랫동안 고민하던 배찬경은 고민으로만 끝내고 말았다. 도미코의 어머니가 가난한 유학생들을 위해 도시락까지 준비해 주면서 소풍을 권했다. 정식이 학원에서 돌아오면 종일 집 안에 틀어박혀 있는 꼴이 안쓰러웠는가 보았다. 정식은 공부도 공부려니와 나가면 쓰게 되는 돈을 벌충할 방법이 없었다. 도미코의 어머니는 보통 일본인들이 조선 사람들을 대하는 것 같지 않았다. 정식이 군대 간 아들 또래라서일까? 정식이 도시락에서 노랗게 익은 새우튀김을 집어 들었다. 배찬경은 초밥을 입에 넣었다. 두 사람 모두 모처럼 별미를 맛보는 기회였다.

"가끔 은은히 들려오던 범종 소리의 진원지가 바로 이 절이었군."

정식이 멀리 전각 밑에 보이는 범종을 가리켰다.

"맞아요."

마음을 활짝 열어젖힌 도미코의 대답이 상냥하기 그지없었다.

"도미코 양, 정식 군은 도둑이야. 사람의 영혼을 통째로 훔치는 도둑. 훔친 영혼에 제멋대로 제 시를 새겨놓고 절대 돌려주지도 않는다네. 그래서 도미코 양이 정식 군의 시에 감동하게 되는 것이야. 정식 군은 대단한 시인이라기보다는 대단한 도둑이야. 그렇지 않은가?"

배찬경이 생뚱맞은 말을 도미코에게 건넸다.

"찬경이, 그런 말은 여자에게 환심을 살 필요가 있을 때나 하는 거라우."

정식이 웃으며 반박했다.

"환심을 살 필요가 없다면? 이미 그 단계를 넘어섰다는 건가?"

"그렇고말고요."

도미코가 정식의 팔을 잡아당겨 제 가슴에 그러안았다.

"어?"

배찬경이 놀라서 눈을 둥그렇게 떴다.

"도미코 양, 이 대단한 도둑은 고향에 아내가 있다네. 그뿐인가. 자식들도 있어."

배찬경이 덧붙였다.

"알고 있어요. 전 일본에 계실 때만 아내가 되겠어요."

도미코가 정말 자기 말대로 하겠다는 것처럼 정식의 팔을 더 바짝 그러안았다.

"아, 정식 군이 부럽네. 부르면 달려올 오순은 부르지 않고, 부르지 않아도 달려올 아내한테는 눈도 주지 않고, 안 부른 도미코는 쪼르르 달려오고. 아, 드디어 정식 군이 사내다운 사내가 되었도다."

"에끼, 이 사람아. 아주머니의 정성이 듬뿍 밴 이 도시락이나 어서 먹음세."

세 사람은 하하하, 호호호 웃었다. 웃음소리에 따라 나뭇가지들이 살랑살랑 흔들렸다.

13

정식이 밖으로 나가려고 뜰로 내려섰다. 아비규환을 방불케 했다는 시가지를 살펴보려던 참이었다.

"당최 밖에 나가지 마세요. 학원에도 가지 마세요. 어머니가 절에 가시면서 여러 차례 당부하셨어요."

도미코가 정식의 발걸음 소리를 듣고 나타나 두 팔을 벌려 앞을 가로막았다. 얼굴에 수심을 가득 담았다. 나가면 붙잡을 태세였다. 도미코는 일요일이라서 학교에 가지 않았다. 정식이 다니는 학원도 일요일에는 휴강했다. 어제(1923년 9월 1일) 도쿄 일대에 큰 지진이 일어났다고 신문은 전했다. 많은 주택이 무너지거나 불에 탔다. 와중에 무수한 사람이 죽었다. 하숙집은 소란을 겪긴 했지만, 마룻바닥이 어긋나고 화분 두 개가 깨진 것 말고는 다른 피해가 없었다.

"왜?"

"조선인을 마구잡이로 잡아다가 죽인대요."

"무슨 소리?"

"조선인들이 시가지 곳곳에 불을 지르고 다닌대요. 어제 일어난 불도 조선인들이 지른 거래요. 폭탄도 투척했대요. 그래서 우리 일본인들이 조선인들을 잡아 죽이기 시작했대요."

독립운동가들이 암약하는 것일까? 거사를 일으키고 폭력을 행사할 정도로 조직화했을까? 정식은 믿을 수 없었다.

"우리 민족은 무고한 백성에게까지 손해를 끼칠 만큼 잔인하지 못해."

"다른 이들이 그렇게 믿지 않는 게 문제지요. 군경이 '폭도가 있어 방화 약탈을 범하고 있으니 시민들은 당국에 협조해 진압하도록 힘쓰라'는 벽보를 붙였대요. 그 폭도가 조선인이라고 믿고 있단 말이에요."

그때 밖에서 문을 두드리는 소리가 났다.

"이 집에 조선인이 있다던데?"

죽창을 들고 머리에 흰 띠를 두른 청년들이 대문 틈에 어른거렸다. 도미코가 정식을 방 안으로 밀어 넣고 방문을 닫았다.

"우리 집에는 없어요."

도미코가 대문을 향해 소리쳤다.

"시인 한 놈이 산다는 말을 들었소."

"맞아요, 며칠 전까진. 지금은 다른 곳으로 옮겨 갔어요."

"거짓말하는 건 아니겠지?"

"여학생이 거짓말하는 것 봤어요?"

도미코가 성을 내는 척 목소리를 높였다.

"시인은 다 불령선인不逞鮮人이오. 일단 문을 여시오. 확인하겠소."

"저는 불령선인 따위를 보호할 만큼 어리석지 않아요."


14

즉시 귀국 바람. 조부.


그제부터 할아버지에게서 잇달아 전보가 왔다. 오늘은 오전과 오후 두 통이나 왔다. 모두 같은 내용이었다. 정식은 밖에 나갈 기회를 잡지 못한 터라 아직 답을 하지 못했다. 배달원에게서 할아버지의 전보를 받아 들고 정식의 방에 찾아온 도미코가 근심스레 정식을 바라보았다. 정식이 곧 귀국할지 모른다고 생각하니 신변 안전도 미심쩍은 데다가 서운하기까지 한 모양이었다.

간토關東대지진으로 막대한 피해가 발생했다. 12만 가구가 부서지고 45만 가구가 불에 탔다. 사망자와 행방불명자가 40만 명에 달했다. 일본 정부는 대지진 발생 다음 날 계엄령을 선포했다. 그래도 지난 일주일 내내 혼란은 더욱 기승을 부렸다. 재일 조선인과 사회주의자들이 폭동을 일으키려 한다는 소문까지 떠돌았다. 일본 정부가 그런 소문을 노골적으로 퍼뜨린다고 했다. 학원생들이 삼삼오오 모여 거리의 소문을 수군거렸다. 그 뒤부터 정식은 학원에 나가지 못했다.

"우유나 신문 배달부들이 배달 장소를 잊지 않기 위해 분필로 써놓은 글자를 폭탄을 설치할 장소이거나 독약을 투여할 우물임을 알리는 조선인들의 기호라고 주장한다니까."

어젯밤 사람들의 눈을 피해 찾아온 배찬경은 정식의 안위를 걱정했다.

"이런 악성 유언비어의 진원지는 미즈노 렌타로 내무대신이란 놈이야. 3·1만세운동 직후 조선총독부 정무총감을 지낸 놈."

"자경단自警團이 군경과 공조해서 조선인을 닥치는 대로 체포하고 때리고 죽이고 있어. 개죽음을 당한 조선인이 벌써 수천 명에 이른대."

정식도 하숙집 아주머니에게 들은 이야기로 아는 체를 했다.

"십오 원 오십 전十五円 五十錢이라는 발음을 일본어로 해보라고 해서 제대로 못하면 조선인으로 간주하여 죽인다니까."

이 소문 역시 정식도 들었다. 아무래도 피할 방도가 생기겠지, 막연한 기대를 품었는데, 배찬경까지 같은 소문을 전하는 것을 보니 생각보다 상황이 엄중했다. 아주머니의 말을 정식과 함께 들은 도미코는 그 직후부터 정식에게 붙어앉아 '십오 원 오십 전'의 일본어 발음인 '주우고엔 고줏셴'을 연습시켰다. 조선인은 일본어 탁음을 발음하기 어려워 '추우코엔 코추셴'이라고 발음했다.

"기차 안까지 수색을 벌여 이런 방식으로 조선인을 색출

한다는군. 조선으로 돌아가려는 사람들이 항구로 몰려든다고 해. 나도 이젠 정말로 귀국해야겠어."

배찬경은 같은 대학에 다니는 일본인 친구 집에 일시 몸을 의탁했다. 안심할 수는 없지만, 인정이 있는 친구라고 했다.

전보를 전한 도미코가 한 발 더 다가와 정식의 손을 잡았다.

"신문에 난 지진 사망자 명단에 선생님 이름과 발음이 같은 조선인 이름이 있다고 배찬경 선생님이 어제 말했지요? 할아버지께서도 조선에서 신문을 보셨다면 놀라셨을 게 뻔해요. 어서 전보를 보내 할아버지를 안심시키세요."

정식도 같은 짐작을 했다. 사망자 명단에 정식의 이름인 김정식金廷湜이 아닌 김정식金正植이란 이름이 있었다. 물론 오해를 풀어준다고 해서 할아버지의 염려가 수그러들 리는 만무했다. 지금 벌어지는 무도한 학살극 또한 할아버지가 어느 정도 알 터였다.

"그렇지 않아도 답신 전보를 치려던 참이야. 내가 외출하기 어려우니까 도미코 양이 전신소에 다녀와 줘."

"선생님과 이별하는 것이 설움일 줄은 예전엔 미처 몰랐어요. 우리가 숨겨드릴 테니 여기 머무세요."

도미코가 정식을 잡은 손에 힘을 넣었다. 귀국한다면 항구까지 가는 먼 여정이 과연 무사할까? 배찬경과 함께 가는 것을 염두에 두었지만, 그건 서로의 위험을 가중하는 짓에 지나지 않았다. 막 재미를 붙이기 시작한 영어 공부를 중단해야 한다는 것이 아쉬웠다. 영어 실력은 모르는 단어를 사전에서 찾아가면서 읽고 번역하는 데까지 가능했다. 하지만 아직은 문법에서 벗어나지 못했다.

"고맙지만 그럴 일이 아니야. 정식 무사. 내일 출발. 전보에 이렇게 써줘."

도미코가 안타까움을 감추지 못한 눈길로 정식을 올려다 보았다. 누군가 보았다면 두 사람을 헤어지기 싫은 연인으로 오해할 것 같았다. 정식은 도미코가 잡은 손을 슬며시 빼냈다.

15

열린 창문으로 소슬한 가을바람이 불어왔다. 정식이 짐

꾸리기를 마무리하고 한숨을 돌렸다. 며칠 전 학원에서 돌아오는 도중 노점에서 아버지의 점퍼와 혁대를 매는 신식 바지나마 하나씩 산 것이 다행이었다. 한복 바지를 엉덩이에 걸치고 다니는 것이 마음에 걸렸다. 땅거미가 진 뒤에는 고양이처럼 살금살금 배찬경에게 찾아가 먼저 간다고 작별 인사를 건넸다. 다른 이들에게는 인사를 생략하기로 했다. 내일 아침 도쿄역에서 열차를 타고 시모노세키下關까지 가서 관부연락선을 탈 계획이었다. 관부연락선은 일본의 철도가 경부선과 경의선을 거쳐 남만주철도까지 연결되도록 바닷길을 잇는 교통수단이었다. 출발 시각이 가까워질수록 근심이 불어났다. 아버지의 당부처럼 할 수만 있다면 총이라도 구해 지니고 가고 싶었다. 대신 일본 사람 외출복인 하오리를 입고 가기로 했다. 도미코가 군대 간 오빠가 입던 옷이라면서 가져다 놓았다. 일본인 차림도 꺼림칙한데, 일본군이 입던 옷이라니. 목숨을 보전한답시고 변절한 사람들이 떠올랐다. 하지만 학생이 아니니 학생복도 없었다. 배찬경을 만나러 갈 때 하오리를 입어보았다. 제 옷처럼 맞았다.

  정식은 전등을 끄고 누웠다. 멀리서 여객선이 지나가는

소리가 들렸다. 상현달이 창문 가까이 다가와 정식을 내려다보았다. 한층 더 초라하고 처량해진 신세임을 주위 환경이 가르쳐주고 있었다.

>'젊어서 꽃 같은 오늘날로
>금의錦衣로 환고향還故鄉하옵소사'
>객선만 쿵쿵…… 떠나간다
>사면에 백百열 리, 나 어찌 갈가
>
>－「집 생각」부분

"들어가도 돼요?"
도미코가 응답도 하기 전에 방문을 열고 들어왔다.
"불을 켜지 마세요."
도미코가 몸을 일으킨 정식을 그러안았다.
"큰 소리를 내시지 마세요. 어머니가 이제 막 잠드셨어요."
도미코는 귀국 준비를 하는 정식을 종일 먼발치로 바라보면서 우수에 잠겨 있었다. 정식은 제 코가 석 자인 주제여서 달래줄 엄두를 내지 못했다. 정식이 도미코를 밀어냈지만,

도미코가 팔에 힘을 더욱 세게 주었다.

"저를 기억해 주세요."

"난 이미 결혼했다니까. 자식까지 두었다고."

"무슨 상관이에요. 제가 선생님의 일본 아내가 되겠다는 말 농담 아니에요. 그래야 다시 선생님을 다시 만날 수 있잖아요."

도미코가 정식의 팔목에서 댕기를 풀었다. 본래의 붉은색이 반질반질한 검은색으로 변했다. 정식이 막았지만, 도미코가 완강했다. 도미코에게 댕기의 유래를 들려준 적이 있었다.

"이제 오순 씨에게서 해방되세요."

정식은 가만히 도미코를 올려다보았다.

"오순 씨 자리를 제가 메꿀게요."

메꾼다고? 잡지 않았어도 잡혔을 뿐. 보냈어도 보내지 않았을 뿐. 세상 사람의 절반이 여자라도 아무나 그 자리로 들어올 수 없었을 뿐. 잊으려 해도 잊히지 않았을 뿐. 기억 속에서 아스라이 사라지는 듯하다가도 도미코 당신 같은 이들이 오순을 기억하도록 새롭게 힘을 실어주고 그리워하게 해

주었을 뿐.

"어머니가 사무에를 한 벌 더 주셨어요. 방금 벽에 걸어놓았어요. 하오리 안에 입으세요."

사무에는 일본 남자들의 일상복이었다.

"고마워."

"작별이 이렇게 사무치게 가슴 아플 줄은 예전엔 미처 몰랐어요."

도미코가 정식의 입에 자신의 입을 포갰다. 정식은 험난한 장도長途와 소득 없는 귀국을 걱정하고 있는데, 도미코는 작별을 슬퍼했다.


16


열차 안에서 대검을 꽂은 장총을 든 군인들이 수색을 벌였다. 소문처럼 '주우고엔 고줏센'을 '추우코엔 코추센'이라고 발음한 이들과 천황을 향한 충성 맹세문인 교육칙어를 외우지 못한 이들을 끌어내렸다. 다행히 매번 정식 앞에 와서는 그냥 지나쳤다. 하오리를 입은 덕분이었다.

밤을 새워 달린 여정 끝에 정식은 시모노세키역에서 내렸다. 플랫폼에서 두려움을 품은 조선어가 들려왔다. 조선인들이 아는 사람과 인사를 나누거나, 이제 막 도착한 낯선 도시의 동정을 살피고 있었다.

역 광장으로 나왔다. 아니나 다를까, 여기저기서 아우성이 들렸다. 일본열도 중 혼슈本州의 동쪽 끝에 가까운 간토에서 일어난 학살인데, 서쪽 끝에 속하는 시모노세키에도 그 미친 기세가 이미 당도해 있었다. 먼저 내린 사람들이 기다리던 일본 청년들한테 폭행을 당했다. 청년들이 빼 든 일본도가 햇살을 튕기며 날카로운 빛을 번쩍였다. 경찰관 두 명은 나무 그늘에서 행인들과 한가하게 잡담을 나누고 있었다. 청년들이 무슨 짓을 하는지 알 테지만, 조선인을 대상으로 한 치안 유지는 안중에 없었다.

"방화, 살인자를 가려내겠다. 조선인은 줄을 서라."

열 명 남짓 되는 일본 청년 무리에서 가운데에 선 청년이 소리쳤다. 청년들은 사무에를 입고 흰 머리띠를 둘렀다. 손에는 저마다 일본도나 목봉을 들고 있었다.

"머저리들, 걸리지 않고 도망칠 수 있을 줄 알았더냐?"

"똥개는 매로 다스려야 해."

조선인들은 무리가 있는 광장 가운데를 피해서 슬금슬금 빠져나가려 했다. 일부는 어느새 광장을 벗어나 냅다 내달렸다. 뒤따르려던 사람들을 광장가에 있던 청년들이 목봉을 휘두르며 막아섰다. 광장 가운데의 청년들 무리 쪽으로 몰았다. 뒤처지는 여자들에게는 목봉으로 등짝을 후려쳤다.

"우리는 죄가 없다. 너희들이 무슨 자격으로 우리를 조사한다는 거냐? 우리는 너희들의 폭력과 살해를 견디다 못해 고향으로 돌아가려는 거다."

양복을 차려입은 조선인 한 사람이 나서서 항의했다. 나무 그늘 밑의 경찰들이 들으라는 듯 제법 큰소리였다.

"대일본제국의 신민 자격이면 충분하지 않느냐?"

옆에 선 사람도 따라서 항의했다.

"너희가 우리 조선을 합병했으니 우리도 신민이다."

"어찌 너희 똥개와 우리를 비교하려고 드느냐?"

무리의 청년들이 우 몰려들어 두 조선인을 패댔다.

"똥개, 마늘, 김치 놈이 짖지 못하도록 늘씬 패라."

"똥개는 죽도록 패야 말을 듣는다."

두 사람이 쓰러지자 둘러싸고 짓밟았다.

"같은 조상, 같은 뿌리, 같은 황국신민이랄 때는 언제고 똥개라니. 그럼 너희도 똥개 족속이더냐?"

조선인 틈에서 두려움에 떨던 정식이 보다 못해 나섰다. 자신의 의지와 관계없이 목소리가 먼저 튀어 나간 것이다.

"무엄하게 우리 옷을 입었구나."

청년들이 정식에게 와락 달려들었다. 정식은 배낭과 짐을 든 채여서 대항할 수 없었다. 멱살을 잡히고 뺨을 맞았다. 가슴으로 오진 발길이 들어왔다. 쓰러지자 목봉 세례가 뒤따랐다. 숨이 넘어갈 듯 명치가 아팠다. 잘 달려와 문턱을 넘다가 넘어졌다는 속담이 떠올랐다.

그때 왁자지껄한 조선말 소리가 들렸다. 그 소리가 점점 가까워졌다. 하지만 정식은 스르르 눈을 감았다.

5장　　　　귀국과 생업

1

1923년, 경성

커엉, 커엉.

기적이 울렸다. 정식은 경성역을 빠져나왔다. 반년 만에 돌아왔다. 작별하는 사람과 상봉하는 사람으로 역 광장이 소란스러웠다. 큰 가방을 들고 사람들 틈을 피해 앞으로 나아갔다.

정식은 겨우 시모노세키역 광장을 빠져나왔다. 고향으로 돌아가려던 조선인 청년들이 부두에 모여 있다가 열차 시각에 맞춰 역으로 몰려온 덕분이었다. 흉흉한 소문을 들은 이들은 몽둥이 등으로 무장을 했다. 멀찍이서 딴청을 부리던 경찰은 그제야 쫓아와 말리는 시늉을 했다. 하지만 목봉을 휘두르는 일본 놈을 폭행한 조선인 청년만 잡아갔다. 정식은 승선한 뒤 피투성이가 된 일본 옷을 양복으로 갈아입었다. 이웃들이 건네준 상비약으로 상처를 치료했다.

멀리 보이는 남대문 방향을 향해 정식은 발걸음을 옮겼다. 발걸음이 가벼울 리 없었다. 할아버지를 비롯한 가족들과 마을 사람들을 대할 면목이 없었다. 상과대학 입학에 실패함으로써 시간과 돈을 축낸 꼴밖에 되지 않았다. 길가에서 이마의 땀을 훔치는 인력거꾼이 보였다. 부르지 않았는데도 눈을 맞추자마자 재빨리 달려왔다.

"어디로 모실깝쇼?"

"종로여관으로 갑시다."

종로3가에 있는 종로여관은 김억이 자주 묵는 여관이었다. 인력거에 올라탔다.

정식은 다시 일본에 유학할 생각을 접었다. 일본인의 조선인 차별과 무차별 참살을 떠올리면 저절로 진저리가 쳐졌다. 증오와 분노가 머리끝까지 치올랐다. 거기에 더해 도미코가 오순을 빼내고 가슴 안으로 들어올까 두려웠다. 할아버지는 거의 10년 만에 금광에서 완전히 손을 뗐다. 금광은 빚으로 다른 이에게 넘어갔다. 더 이상 유학비를 대줄 형편도 못 되었다. 도쿄에 체류하고 있었다면, 무슨 일을 해서든지 스스로 학비를 벌어야 했을 것이다.

이제 직장을 잡아야 했다. 김억을 만나면 해결책이 있을까? 여정 내내 이리저리 머리를 굴렸지만 경성에는 김억밖에 도움을 청할 사람이 없었다.


2


"빈, 야수들 틈에 아무 대책 없이 서 있었다네. 당최 일본에 다시 갈 생각일랑 접게."

"우리 민족의 보배 같은 시인이 주구走狗들 아가리에서 놓여나 천만다행이네. 자네 말을 깊이 새겨두겠네."

나빈은 일본에 가서 본격적으로 문학 공부 하기를 열망해 왔다. 하지만 나빈의 할아버지는 허락하지 않았다. 가업인

의술로 대를 잇기를 바랐다. 나빈이 경성의전을 그만두고 일본으로 도망쳤을 때는 생활비를 대주지 않는 방법으로 기어코 돌아오도록 만들었다. 지금도 나빈은 나름 할아버지와 투쟁 상태였다. 정식은 며칠 전까지 일본에서 일어났던 일들을 소상히 이야기해 주었다.

"오순 양, 술을 한 병 더 내오오."

나빈이 정식 옆에 앉아서 시중을 들던, 오순과 같은 이름의 기생에게 얼굴을 돌렸다. 오순이 심드렁하게 일어나 주모가 있는 주방으로 향했다. 모처럼 정식을 보니 나빈을 처음 만난 날 같이 보냈을 때의 일이 생각나나 보았다. 자기와 이름이 같은 다른 오순을 정식이 좋아한다는 것을 나빈에게 들어 알고 있었다. 질투심을 드러내 애를 태워보려는 수작일까?

피맛골 쪽에서 두부 장수가 흔드는 방울 소리가 딸랑딸랑 들렸다. 마침내 귀국했다는 실감이 안도감과 함께 정식의 몸을 적셨다. 불과 반년 남짓 자신이 경성을 비운 사이 나빈이 딴사람처럼 훌쩍 컸다는 실감도 동시에 정식의 머릿속에 넘실거렸다. 나빈은 지난해 초겨울부터 올봄까지 《동아일보》에 「환희幻戱」라는 장편소설을 연재했다. 새파랗게 젊은 작가가 큰 신문에 연재한다는 것도 놀라운 일이었는데, 연재를 마친 지금은 그 덕에 일약 유명 인사의 반열에 올라 있었다. 나빈이 내색하지 않고 예전처럼 정식을 맞아주는 것이 그저 고마울 따름이었다.

"웬만하면 가업을 잇게. 논밭 문서를 틀어쥔 노인들의 고집을 어떻게 꺾겠나? 의사를 하면서도 문학을 할 수 있지 않겠나?"

나빈이 더는 일본 유학에 뜻을 두지 않도록 정식은 못을 박아 말했다. 문학을 겸업할 수 있다고 한 것은 나빈을 달래는 말이기도 했고, 정식 자신의 다짐을 일깨우는 말이기도 했다.

"그럼 자네는 무슨 공부를 할 텐가?"

"학교 공부는 놓았네. 김억 선생님에게 일자리를 부탁했네. 빈, 자네도 수소문해 주게."

"여부가 있겠나. 그러나 자네 말처럼 시업詩業을 겸할 수 있는 자리를 찾아야 할 텐데."

오순이 돌아왔다. 쟁반에 담아 온 술과 돼지고기전을 술상에 올려놓았다. 마지못해 앉는다는 듯 무릎을 괴고 정식 옆에 도사려 앉았다.

"이봐, 오순 양, 앙탈만 부리지 말고 분위기 좀 내봐. 죽을 고비를 넘기고 살아 돌아온 정식 군이야."

"흥! 이 양반은 영혼을 오순인가 뭔가 하는 계집한테 통째로 바쳤다고 했잖아요."

오순이 정식과 나빈의 빈 잔에 술을 따랐다.

"오순이 바로 자네 아닌가? 하하하."

나빈이 다가와 오순을 정식의 품에 밀어 넣었다. 오순이 못 이기는 척 정식의 품에 안겼다.

3

"신문 대금만 착실히 올려 보낸다면 지국 설립을 승인하겠습니다. 시인이 그런 고된 일을 할 수 있을지 걱정이긴 하오만."

동아일보사 직원이 앞에 앉은 정식과 김억, 나빈을 둘러보며 말했다. 정식에게 하는 말이었지만, 김억과 나빈의 동의를 구하는 말이기도 했다. 더구나 정식의 얼굴에 드러나 있는, 보통 사람보다 이악스럽지 못한 심성은 아무리 숨기려 해도 숨겨지지 않을 것임을 짐작하고 있었으리라.

정식의 변모한 집안 형편을 소상히 들은 김억은 정식을 적극적으로 돕고자 애썼다. 시 원고를 신문과 잡지에 소개했고, 정식이 번역한 러시아 소설가 투르게네프의 소설 「연기」도 출판시키려고 노력했다. 하지만 번역하고 시를 몇 편 발표하는 문필 생활은 누구한테든 돈벌이가 되지 않았다.

김억은 직장을 찾는 일에도 발 벗고 나섰다. 나빈도 함께 뛰었다. 하지만 마땅한 자리가 나서지 않았다. 서로 애를 태우는 와중에 고향에서 여동생 김인저가 이달에 출가한다는 소식이 날아왔다. 직장을 잡지 못한 채 귀향해야 할 처지였다. 그때 김억이 고향에서 동아일보사 지국장 일을 하면 어떻겠냐고 의향을 물었다. 정식에게는 그나마 고마운 일이었다.

"걱정 놓으십시오. 열심히 하겠습니다."

정식은 각오를 다졌다. 동아일보사 직원과 같은 우려를 품고 있던 김억은 일단 한숨을 돌리는 눈치였다. 하지만 나빈은 이마에 깊은 주름을 잡았다. 처음 말이 나왔을 때부터 감성이 예민한 시인이 그런 무디고 야박한 일을 어떻게 하겠느냐며 반대했다. 순결을 잃은 시인에게 시적 영감은 없다고 술에 취해 떠들기도 했다. 끝까지 반대해 보려고 신문사에 따라왔다. 하지만 정식이 자신의 형편을 강조하는 바람에 다른 말을 하지 못하고 있을 뿐이었다.

고개를 설레설레 흔드는 나빈과 함께 동아일보사를 나오자, 후덥지근한 바람이 불었다. 하늘에 잔뜩 구름이 끼었다. 주황색 감들이 호롱불처럼 매달린 마당의 감나무가 마구 몸을 뒤쳤다.

4

집 앞에서 알밤을 줍던 정식의 아버지 김성도가 허리를 펴고 다가오는 정식을 한참 바라보았다. 침을 질질 흘려 입 언저리가 번들거렸다. 먼 기억 속의 얼굴을 꺼내려는 것처럼 눈을 깜빡였다. 그러다가 텃밭 쪽을 향해 마구 내달렸다.

"일본 놈, 일본 순사 놈이 왔다."

아버지가 외쳤다. 수숫대가 하늘거리는 텃밭머리에서 불

안하게 멈춰 섰다. 힐끔 정식 쪽을 바라보고는 옆집에서 흘러나오는 시궁창에 머리를 쑤셔 박았다. 엉덩이는 하늘을 향해 치켜 들었다. 병세가 더 심해진 것이 한눈에 보였다. 가끔 동네에 나갔다가 바지를 벗어버리고 벌거숭이가 돼서 돌아오는 적도 심심찮게 있다고 하더니. 아, 일본을 떠났는데, 일본이 여기에 그대로 머물러 있었다. 정식이 짐가방을 내려놓고 아버지에게 달려가자, 머슴 팔복이가 나타났다. 오물을 뒤집어쓴 아버지를 팔복이와 함께 부축해 대문 안으로 들어섰다.

"도련님이 살아 돌아왔어요!"

팔복이가 안채를 향해 외쳤다. 안채와 사랑채 문이 동시에 활짝활짝 열렸다. 할머니가 뛰어나왔다. 어머니가 뒤따랐다. 할아버지는 사랑방 마루로 나와 환히 웃었다.

"잔치를 해야겠구나."

어머니가 정식의 짐가방을 받아 들었다.

"암, 죽었다던 장손이 살아왔으니 아무리 곤궁해도 마을이 떠들썩하도록 잔치를 해야지."

할머니가 어머니 말을 거들었다.

정식이 막 안채 마루로 올라서려는데, 뒤에서 누군가 큼큼, 기척을 냈다. 조선 사람은 맞는데, 콧수염을 기르고, 도리우치라고 불리는 헌팅캡을 썼다.

"김정식 군, 용케 돌아왔다는 연락을 역에서 받았소. 내일 순사주재소에 잠시 나오시오."

도리우치가 자기소개도 없이 명령했다. 건방지게 구는 폼이 아무래도 순사보 같았다. 할아버지가 고개를 홱 돌리며 사랑방 안으로 들어갔다. 정식이 대꾸 없이 마루로 올라서자, 도리우치는 기분 나쁜 듯 돌아섰다.

5

구성 평지동

정식이 이부자리에 몸을 눕히자 아내가 등잔을 끄고 따라 누웠다.

"아이들 장난감은 관두더라도 장인 장모 선물은 사 왔어야지요."

정식은 아무 말 하지 않았다.

"당신을 보니까 오빠의 불편한 심기가 도졌나 봐요. 도대체 혼인하기는 한 거냐고 자주 물었거든요."

가족의 눈총과 구박에 대한 불만이 적잖은 무게로 느껴졌다. 그렇지 않아도 장인 장모를 모시고 한집에 사는 손위 처남의 태도가 마음에 걸렸다. 처가에 당도한 정식이 인사를 건네자, "어인 일로 이리 일찍 왔는가?" 물으며 데면데면 대했다. 아내와 아이들을 데려가라는 타박에 가까운 언사였다. 간토대지진과 조선인 학살 소식을 들었을 터였지만, 동정을 보태지 않았다. 아내는 아직도 처가 사랑채에 머물렀다. 벌써 네 해째였다. 네 살짜리, 두 살짜리 딸과 함께 장남 준호俊鎬까지 길렀다. 준호는 정식이 일본으로 막 떠나려는 차에 태어났다. 정식은 이제야 준호와 첫 대면을 했다. 울거나 웃는 것으로 의사 표현을 하는 젖먹이지만, 아비가 가슴에 안았는데도 목청을 높여 울었다. 처남에게는 방긋방긋 웃으며 옹알이를 하면서도. 아이들이 아프면 처남이 업고 의원을 찾아갔다. 거기에 더해 아이들이 처남의 자식들과 싸움질을 했다. 아내는 큰 것들이 작은 것들을 때렸다고 처남의 자식들을 나무랐다. 처남은 정식이 공부한다고 외지에 나간 것을 위안 삼았으리라. 그런데 그 기대가 무참히 깨졌으리라. 건달이 되어 돌아왔으니까.

"우리 떨어져 살지 않아도 되지요?"

아내가 정식의 품으로 파고들었다. 아내는 이생에서 부부라는 관계로 묶여 있도록 운명 지어진 사람. 그 운명에 저항할 힘을 정식은 이제 온전히 잃었다. 도쿄를 떠나기 전날 밤 도미코가 정식의 손목에서 댕기를 풀어 쓰레기통에 내던졌을 때도 정식은 너무 오래 차고 있었다는 듯 그것을 되찾지 않았다.

### 6

초승달 아래 사위가 고적했다. 이따금 한두 사람씩 골목길을 오가던 발걸음 소리마저 뚝 끊겼다. 풀벌레 소리만 바람 소리에 실려 왔다. 정식은 잠을 이루지 못하고 뜰을 거닐었다. 어디선가 여인네가 시를 읊는 소리가 들렸다. 끊겼다 이어졌다 하면서 들려오는 시구가 귀에 익었다.

못 잊어 생각이 나겠지요

그런대로 한세상 지내시구려

사노라면 잊힐 날 있으리라

- 「못 잊어」 부분

정식 자신이 일본에 가기 전 《개벽》에 발표한 시였다. 정식은 가만히 소리를 따라서 문밖으로 발걸음을 옮겼다. 노란 불빛이 새어 나오는 창 밑에서 멈추었다.

정식은 영변 성내의 외딴집에 방 한 칸을 얻어 며칠째 머무는 중이었다.

동아일보사 지국 설립은 차일피일 미루어졌다. 나빈이 혹시 반대한 결과일까? 나빈에게 장거리 전화를 걸었다. 나빈은 자신은 그런 용기까지는 없었다면서 되레 잘됐다고 껄껄 웃었다. 정식을 불안하게 하는 것은 그것뿐이 아니었다. 지식인이라고 해서 일경은 감시로도 모자라 잦은 출두 명령을 내렸다. 때때로 가택수색까지 했다. 그때마다 아버지 김성도는 두려움을 견디다 못해 발광했다. 일본에서 못 볼 꼴을 겪은 정식은 일경의 못된 행태를 남보다 더 위협적으로 받아들였다. 울화가 치밀어 자주 술을 마셨다. 세상이 자신을 벼랑 끝으로 몰아가는 기분이 들었다. 모처럼 아내와 자식들을 만났어도 불안을 떨치지 못했다. 정처 없는 여행길에 나섰다. 무작정 걸어 사흘 만에 영변에 이르렀다.

> 못 잊어 생각이 나겠지요
> 그런대로 세월만 가라시구려
> 못 잊어도 더러는 잊히오리다
> 　　　　　－「못 잊어」 부분

창 밑에 선 정식이 두 번째 연을 읊조렸다. 여인의 낭송이 끊겼다. 창문이 열리면서 골목이 밝아졌다.

"뉘시나요?"

여인이 고개를 내밀었다. 얼굴이 자세히 보이지는 않았지만, 이 밤중에도 연둣빛 한복을 차려입은 것을 보니 여염집 여인은 아니었다.

"나그네올시다."

"웬만하면 안으로 들어오시지요."

정식은 대문 앞으로 갔다. 기둥에 청사초롱이 매달린 술집이었다. 여인이 정식을 맞았다. 손님이 없는지 주청은 불만 켜져 있을 뿐이었다. 여인의 방으로 들어섰다. 여인은 혼자서 술을 마시던 중이었다. 소반 위에 먹다 만 술 주전자와 구운 꽁치 토막이 담긴 접시가 놓여 있었다.

"그 시는 어떻게 아시게 되었는지요?"

여인이 술 주전자를 들어 정식에게 한 잔 따랐다.

"잡지에서 보고 마음에 들어 외웠소."

정식은 거짓말을 했다.

"그대는 어떻게 그 시를 외우게 되었소?"

"평양에서 오신 손님이 그 시를 읊으시길래 적어달라 하였지요. 제 한이 시와 맞닿으니 시구 하나하나가 쉽게 가슴에 박혔답니다."

"남다른 사연이라도 있소?"

여인의 볼을 타고 눈물 한 방울이 주르륵 흘러내렸다.

"들어보시겠어요?"

여인이 옷소매로 눈물을 훔쳤다.

채란이라는 이름을 가진 여인은 고향이 진주였다. 아버지는 일본 놈들이 일본식 농촌 건설을 내세워 설립한 동양척식회사에 농토를 빼앗기고 자살했다.

"하루 한 끼 먹기도 힘들었어요. 제가 열세 살 때 홀어머니가 저를 행상에게 팔았어요. 저는 행상을 따라 동으로 떠돌고 서에서 머물며 가슴을 저미는 설움을 키웠지요. 나이가 차자 기녀로 다시 팔렸어요."

정식은 여인이 거쳐 온 역경 속으로 빨려들어 갔다.

"오늘 점심나절엔 주인한테 밀린 임금을 달라고 했다가 귀뺨을 맞았지요. 저를 버렸다고 어머니를 원망했는데, 문득 몹시 그립네요."

정식은 하나 마나 한 말로 위로를 전하고 싶지 않아 묵묵히 들었다.

"돈을 받으면 이 집을 떠나야겠어요. 평양으로 갈까 해요."

여인이 손가락을 펴서 손톱을 보여주었다.

"지난여름에 왔던 평양 손님이 가시면서 봉선화 꽃물을 들여주었어요. 이 꽃물이 지워지기 전에 평양으로 오라고 했어요."

붉은 꽃물은 보일락 말락 할 정도로 지워져 있었다.

정식은 윗목에 있는 지필묵紙筆墨에 눈길을 돌렸다. 먹을 갈아 시 한 수를 지었다.

> 날 궂다 말아라
>
> 가장家長 님만 님이랴
>
> 오다가다 만나도
>
> 정 붙이면 님이지
>
> -「팔베개 노래」 부분

시를 받아 든 여인이 어색한 미소를 지었다.

"선생님은 시인이시나요?"

"아니오."

정식은 시치미를 뗐다.

"그리워하는 시간이 길어질수록 희망이 줄어드네요."

"대신 새 희망에 정을 붙이세요."

"오늘 밤 여기서 주무실래요?"

정식은 도리머리를 쳤다. 하지만 당장 일어나기가 멋쩍어 여인에게 술잔을 내밀어 한 잔을 더 청했다.

7

겹친 산들이 수묵화처럼 짙거나 엷게 사방에 펼쳐졌다. 정식은 향기 나는 나무가 많아서 묘향산이라고 한다는 산 이름의 유래를 확인하고 싶었다. 쪽빛 하늘에서 바람이 건들건들 불어왔다. 하지만 아무리 코를 벌름거려도 향내는 풍겨오지 않았다. 보현사 암자 이름인 '법왕대法王臺'라는 글자를 새긴 너럭바위에 앉아 다리쉼을 했다. 이름 모를 작은 풀꽃들이 단풍 사이로 보였다. 새소리가 아늑히 들려왔다. 지나온 영변 약산과 서해도 저 멀리 내려다보이는 듯했다. 물론 그저 생각일 뿐 약산만 하더라도 여기서 3백 리 길이었다. 그 길을 걸어오는 데 엿새를 소비했다.

정식은 산 아래를 굽어보다가 수첩과 펜을 꺼냈다.

산에는 꽃 피네

꽃이 피네

갈 봄 여름 없이

꽃이 피네

산에

산에

피는 꽃은

저만큼 혼자서 피어 있네

산에서 우는 작은 새요

꽃이 좋아

산에서

사노라네

산에는 꽃 지네

꽃이 지네

갈 봄 여름 없이

꽃이 지네

— 「산유화山有花」 전문

정식은 시에 '산유화'라고 제목을 붙이고, 큰 소리로 읊었다. 빈산이 웅얼웅얼 메아리로 화답했다. 머릿속이 어느 정도 개는 기분이 들었다.

정처 없이 나선 걸음을 여기서 접기로 했다. 막상 여정을 이어가다 보니 기대하는 바와 부딪히는 현실은 아득한 차이가 있었다. 현실을 존중하자. 우선 집안의 기대에 부응하자. 무엇보다도 아내와 두 딸을 처가에 방치할 수야 없지. 마음속에서 떠돌던 생각들을 정리하면서 정식은 너럭바위에서 일어났다.

8

**1924년, 평안북도 구성군 서산면 남시**

"어이, 김정식 씨, 이젠 신문에 시를 쓰는 글쟁이가 된 건가? 아니면 휴지 뭉치를 파는 잡살뱅이 장사꾼이 된 건가?"

순사주재소 후지모토 순사가 허리춤에 찬 장칼을 덜거덕

거리며 자전거에서 내렸다. 정식이 '동아일보사 구성지국'이라는 붓글씨로 쓴 현판을 출입구에 매달고 난 참이었다. 얼마 전 처가가 있는 평지동에서 10리 남짓 떨어진 남시 가운데를 관통하는 도롯가에 집을 샀다. 순사주재소와 면사무소 곁이었다. 잡화상들과 주막도 가까이 있는 나름 번화가였다. 집은 안채와 별도로 도롯가로 문이 난 사랑채가 있었다. 지국 사무실로 쓰기에 안성맞춤이었다. 사무실에는 사동을 한 명 두었다. 사동과 함께 남시와 평지동, 그 인근 촌락에 신문을 보급할 계획을 세웠다.

사무실 안에 있던 사람들이 후지모토의 목소리를 듣고 누가 또 축하하러 왔나 해서 밖을 힐긋거렸다. 애초 정식은 별일 아닌 듯 조용히 지국을 개소하려 했다. 구멍가게라도 열 때는 이웃들을 불러 술잔을 돌리는 풍습을 무시했다. 소문이 나고 지역 유지나 친인척들이 나서주어야 신문 보급에 유리할 것이라는 생각을 왜 하지 않았겠는가. 하지만 대수롭지 않은 일로 친인척들의 힘을 빌린다는 것이 내키지 않았다. 그런데 처가를 통해 소문이 났다. 가족을 데리고 나가자 기분이 좋아진 처남이 발품을 판 모양이었다. 인근 인척들이 우르르 몰려왔다. 술 한 잔이라도 얻어먹으려고 기웃거리던 이웃들도 끼어들었다. 사무실 가운데에 막걸리 동이를 들여놓고 둘러앉았다. 정식이 들어오기를 기다렸다.

"장사꾼이 되기로 했소."

정식이 공손하지도, 무례하지도 않은 낯빛으로 후지모토에게 대꾸했다. 자기 앞에서는 고개를 굽신거리는 사람들의 모습에 익숙한 후지모토로서는 달갑지 않았으리라. 물론 정식으로서는 나름 감정을 다스린 응대였다.

"우리 주재소에도 신문 한 부 넣어주오. 그리고 내 청을 잊지 마오."

"사람들 거웃이 몇 개인지만 모르고 다 안다는 양반한테 내가 도울 게 뭐 있겠소."

정식이 서산으로 이사 왔다는 사실을 주재소에 알렸을 때 후지모토는 서산에서 일어나는 모든 일은 자기가 다 안다고 떠벌렸다. 그러면서도 주민들의 특이한 동향을 알려달라고 윽박질렀다.

"협조해 줘야 내가 다 알게 되는 것이잖소."

순사주재소에서 서로 이미 했던 말이 다시 오갔다. 후지모토의 낯빛이 심중해졌다. 기분이 좋지 않을 터였지만, 꾹 눌러 참는 듯했다.

그때 사무실 안에서 밖을 힐긋거리던 사람 중 한 젊은이가 문밖으로 얼굴을 내밀고 가래침을 내뱉었다. 바로 후지모토의 자전거 바큇살에 떨어졌다.

"아이고, 순사 나으리가 와 계신 줄 몰랐습니다. 큰 실례를 범했소이다."

젊은이는 결단코 의도하지 않았다는 것을 드러내듯 놀라고 미안한 시늉을 했다. 시비를 따지기가 애매해지자 후지모토는 쨰려보다가 다시 자전거 페달을 밟았다. 후지모토의 뒷모습이 미루나무 사이로 사라졌다. 젊은이가 후지모토 쪽을 향해 다시 가래를 내뱉었다.

"개업하는 날 재수 없게 개새끼가 나대다니."

젊은이는 사무실 안으로 정식의 팔을 끌어당겼다. 엿보던 사람들이 하하하, 통쾌하게 웃었다.

9

1925년

북풍이 매서웠다. 도로로 난 미닫이문 틈을 문풍지로 단단히 메꾸었는데도 바람이 파고들었다. 매캐한 연기를 솔솔 내뿜는 난로는 주위만 미지근하게 덥혔다. 장작값을 아낀다고 넉넉히 사지 못한 데다가 사놓은 장작더미조차 눈발이 틈을 헤집고 스며들어 눅눅했다. 정식은 두루마기 깃을 여미고 의자를 난로 곁으로 바짝 끌어당겼다. 책상 위에 펼쳐 놓은 신문을 계속해서 읽었다. 신문에는 이광수가 쓴 「조선 문단의 현상과 장래」(《동아일보》, 1925. 1. 1.)라는 평론이 실려 있었다.

(······) 본래 시라고는 아무것도 없었다고 할 만한 조선에서 불과 5, 6년 내 이만한 발달을 한 것을 생각하면 찬탄 아니 할 수가 없을 것이다. 안서岸曙 金億, 월탄月灘 朴鍾和, 회월懷月 朴英熙, 소월, 석송石松 金炯元 제씨의 시는 조선 신시단에 기초

를 쌓기에 각각 잊지 못할 공헌을 하였을뿐더러, 그들은 모두 장래에 살 삼십 미만의 젊은 시인들이라 장래에 크게 촉망할 것이오. (……)

정식은 신문을 책상 위에 놓고 일어섰다.
"순결을 잃은 시인에게 시적 영감은 없어."
"병든 인간이 되면 결국 시혼이 시인을 떠나지."
나빈과 김억의 충고가 번갈아 떠올라 머릿속을 어지럽혔다. 장작을 더 사기 위해서 지국을 나와 거리로 나섰다. 거리에는 두꺼운 옷을 입고 몸을 웅크린 사람들이 바삐 움직였다. 정식은 시장을 향해 터벅터벅 걸었다.

## 10

해송 사이로 보이는 바다가 눈부셨다. 하얗게 반짝이는 물비늘이 따스한 봄기운을 전했다. 바닷가 밭에서 젊은 여인이 바구니를 옆에 끼고 씨감자를 심고 있었다. 정식은 오순임을 직감했다. 해송 사이에 몸을 감추고 오순을 훔쳐보

왔다. 오순은 자꾸만 손으로 입을 가리고 마른기침을 했다. 그러다가 가끔 하늘을 올려다보며 가슴을 두드렸다. 감자를 심는 일손이 더디기만 했다.

정식은 신의주에 갔다가 돌아오는 길에 철산에 들렀다. 아버지는 더는 보고 있기 어려운 지경으로 변했다. 집안 식구들은 아버지로 인해 정식이 더 탄압을 받을까, 그렇지 않아도 기둥이 흔들리는 집안이 폭삭 무너질까 걱정했다. 정식은 둘째 작은아버지 김인도의 독려 편지를 받고 신의주 교회에 온 김익주 목사를 만나 아버지의 치료를 상의했다. 돌아가는 길에 철산 쪽으로 간다는 교회 신도의 목탄 화물차를 얻어 탔다. 대학을 중도 포기하고 귀국한 배찬경이 전한 오순의 근황으로 속을 썩이던 참이었다.

"남편의 매질에 골병이 든 오순이 결국 이름을 알 수 없는 병에 걸렸다네. 어린 자식 키우랴, 농한기에 생선 장사 하랴, 죽지 못해 사는 처지에 이르렀다네."

잠시 떠난 듯하던 오순에 대한 안타까움이 밤바다의 밀물처럼 슬그머니 밀려왔다. 오순을 처음 만난 지 14년, 결혼하면서 만나지 못한 지 9년이 흘렀다. 철산에 가서 어쩔 테냐는 내심의 반발을 정식은 무릅썼다.

오순은 씨감자가 담긴 소쿠리를 질질 끌며 옮겼다. 이렇게 봄바람이 불던 날 남산 진달래 숲에서 정식은 오순과 함께 노래 부르고 포옹했다. 오직 한 장의 사진만이 남겨진 것처럼 긴 세월 무한 재생되던 그 장면이 다시 떠올랐다. 정식은 다가가고 싶은 마음을 꾹 눌렀다. 오순의 눈길이 정식에게 와 닿기도 했지만, 알아보지 못했다. 석양이 어둠에 밀려가고 있는데도 정식은 발길을 돌리지 못했다. 거미줄에 걸린 잠자리의 꿈은 무엇일까? 몸부림치다가 스스로 지치고 마는, 그런 것일까? 벌써 자식을 넷이나 두었다. 얼마 전에는 차남 은호殷鎬가 태어났다. 시간이 흐르면서 오순과의 사이에는 장애가 겹겹으로 늘어났다. 오순을 위해 무엇인가를 할 때가 지금 아닐까?

11

사무실 미닫이문이 삐그덕 소리를 내면서 열렸다. 안으로 들어온 아내가 정식의 책상 앞에다 편지 한 통을 툭 내던졌다. 그동안 사무실에는 얼씬하지 않았다. 급히 할 말이 있어도 큰딸 구생을 시켰다. 남자의 일터에 출입하지 않는 여인네들의 사고방식에 따랐을 것이다. 하지만 점증하는 남편에 대한 불만을 더는 참을 수 없었던가 보았다.

"이 여자는 또 어찌 낚아챘소?"

아내가 정식을 꼬나보았다. 당혹감을 견디며 정식이 편지로 눈길을 돌렸다. 봉투에는 도쿄 주소가 적혀 있었다. 그동안 잊고 있었던 도미코에게서 온 것이었다. 오늘 곽산 본가 마을에서 남시로 오는 사람이 있다더니 그 편에 딸려 왔는가 보았다. 일본을 떠나온 지 이태가 흘렀다. 누군가를 잊기에는 아직 짧은 시간이었다. 정식이 훨씬 긴 세월 오순을 잊지 못하고 있는 것처럼.

"난들 어찌하겠소, 자기 스스로 보낸 걸."

"그 말을 나더러 믿으라는 것이오? 당신 꼬리가 제 절로 흔들렸다는 것이오?"

"근데 왜 남의 편지를 뜯소?"

"아직도 오순이란 여편네를 못 잊고 있다는 걸 내가 다 아오. 대체 여자가 몇이오? 경성에는 또 없소? 다 대보오."

정식은 의심이 억울했지만, 터무니없지 않았다. 사실을 밝혀서 아내의 이야기를 길게 이어가도록 하고 싶지 않아 변명하지 않았다. 의심을 깊게 하는 사람에게 변명은 의심을 가중하는 짓일 뿐.

"내가 씨받이에 지나지 않소? 시를 쓰면 딴 세상 인간이 되는 것이오?"

정식은 먼산바라기를 하며 곤혹스러운 시간을 견뎌냈다.

"조강지처를 등한히 하면 천벌을 받으오."

아무리 생활이 어렵다 한들 술지게미와 쌀겨로 끼니를 이으며 함께 살아온 처지는 아니었다. 이런 식으로 나가다가는 머잖아 그런 날이 닥칠지 몰랐다. 남편으로서의 구실, 아비로서의 구실이라도 몸에 배게 하려고 애를 썼다. 하지만 사위가 밝아지면 태양의 존재를 잊고 마는 것처럼 그런 감정이 이내 까맣게 자취를 감추곤 했다.

"흑흑."

아내의 눈동자에 물기가 잔뜩 끼었다. 아내가 휙 돌아서서 사무실을 나갔다. 미닫이문이 닫히는 소리가 문을 부수는 소리처럼 컸다. 정식은 비로소 책상 위의 편지를 집어 들었다. 이젠 고등중학을 졸업하고 여대생이 되었겠지? 어엿한 처녀티가 나겠지? 편지에서 도미코 특유의 정취와 향기가 풍겨 나왔다. 정식은 편지를 코 가까이 옮기다가 멈추었다. 해야만 할 일을 하지 못한 적이 적잖았지만, 하고 싶은 일도 하지 않는 적이 있어야 했다. 아쉽지만 편지를 건너편 벽 쪽에 있는 휴지통을 향해 내던졌다.

도미코, 당신과 당신 어머니에게 진 신세는 잊지 않겠소. 내가 그대를 위해서 할 게 그뿐 뭐가 더 있겠소.

## 12

창문에 비친 사동을 보고 정식이 사무실 문을 열어주었다. 눈송이가 얹힌, 작지 않은 보따리를 가슴에 안은 탓에 사동은 더 심하게 절뚝거리며 사무실 안으로 들어섰다. 닷새 전 신문 배달 중에 개에게 물린 장딴지가 아직 낫지 않았다.

"눈길에 수고가 많았다. 어서 불을 쬐거라."

정식은 얼른 보따리를 건네받았다. 보따리는 사동이 우편소에 들러 직접 가져온 것이다. 집배원이 눈길을 뚫고 올 때까지 기다리는 것보다는 자신이 신문 배달을 마치고 돌아오는 길에 가져오는 것이 낫다며 고집을 부렸다.

"근래 가장 반가운 선물을 가져왔구나."

정식은 사동이 손을 비비며 난롯가 걸상에 앉는 모습을 지켜보면서 보따리를 풀었다. 50권 남짓한 책들이 나왔다. 경성의 매문사賣文社에서 나온 자신의 첫 시집 『진달래꽃』이었다.

그동안 발표한 작품들을 시집으로 묶는 작업을 해왔다. 시집을 내야 시를 계속 쓰게 된다는 '영대靈臺' 동인들의 조언을 귀담아들었다. 정식은 지난 1월(1925) 《영대》가 폐간될 때까지 김억과 함께 동인에 가담했다. 지국 일을 열심히 하고 싶어도 크게 힘쏠 일이 없었다. 농사가 주업인 사람들이라 세상 소식에 귀 기울일 필요를 별로 느끼지 않았다. 거기에다가 글을 읽을 줄 모르는 사람들이 태반이었다. 대신 정식은 작품 활동을 게을리하지 않았다. 《영대》와 《동아일보》 《조선문단朝鮮文壇》《문명文明》 등에 시를 발표했다. 시집에 담기 위해 「진달래꽃」「산유화」「초혼」「금잔디」 등 127편이나 되는 작품들을 고르고 다듬었다. 편수가 많아 더 추릴까 했는데, 김억이 괜찮다며 말렸다.

동아일보 학예부 기자를 그만둔 김억은 경성 연건동에 매문사를 세워 시 잡지《가면假面》을 발행하고 있었다. 하지만 이내 운영난에 봉착했다는 소식을 들은 정식은 자신의 시집을 출간해《가면》을 살리자고 김억에게 권했다.

정식은 시집 한 권을 펼쳤다. 속표지에 사동의 이름을 썼다. 경성의 지인들에게는 이미 매문사에서 보냈다고 했다.

"봉섭아, 이 책을 받아라."

사동은 지국에 채용된 뒤 정식에게서 틈틈이 글을 배워 신문을 읽을 줄 알게 되었다. 정식이 이름 있는 시인이라는 사실도 알게 되었다. 정식 앞에서 처신에 더욱 신경을 썼다. 난롯가로 돌아간 사동은 책에 적힌 자기 이름을 확인하고는 흡족한 미소를 지었다. 글을 모를 땐 책보다는 다만 한 푼이라도 돈을 받기를 원했을 터. 정식은 책의 가치를 아는 사동의 변화된 모습이 마음에 들었다.

다음 책에 정식은 배찬경의 이름을 적었다. 배찬경과 함께 어울리던 나날이 새삼 그리웠다. 서산 본가에 갈 때마다 배찬경을 데리고 동아일보사 정주지국장 방응모方應謨가 경영하는 동주양조장에 드나들었다. 동주는 서산과 가까웠다. 방응모와 지국 경영상의 애로를 나누다가 차차 술잔을 나누는 사이로 발전했다. 스무 살 가까이 나이가 위인데도 방응모는 정식과 배찬경을 스스럼없이 대했다. 요즘 방응모는 자신 소유의 교동광업소가 있는 삭주에서 살다시피 했다. 금맥을 발견했다. 때맞춰 배찬경은 남시 가까운 곳으로 분가해 왔다. 정식은 배찬경에게 구성지국 총무라는 직함을 주었다. 배찬경은 의욕적으로 인맥을 연결해 신문 보급과 수금 활동을 도왔다. 그런데 사무실에 후지모토 순사가 자주 나타났다. 배찬경에게 월급이 좋은 구성수리조합水利組合을 알선하기도 했다. 배찬경은 그 소식을 정식에게 전하며 기가 막힌다며 헛웃음을 머금었다. 그 뒤 지국에 모습을 드러내지 않았다. 뭔가 꼬투리를 잡힐까 염려했다. 나라의 독립을 위해 곧 무슨 일을 낼 듯했지만, 아직은 행동이 신념을 뒤따르지 못했다.

아무리 따져보아도 시집 출간을 함께 기념할 만한 인물은 배찬경밖에 없었다. 이웃에 사는 사람들은 시인이라면 대단한 인물로 보았지만, 한글 시집을 냈다면 그까짓 게 시라면 벌써 나도 시인이 되었겠네, 라면서 비웃을 것이 뻔했다. 정식은 눈이 그치면 내일이라도 배찬경에게 다녀올 다짐을 하면서 다음 책을 잡았다.

13

미닫이문을 열고 누군가 지국 사무실로 들어왔다. 정식은 신문 뭉치들을 사무실 구석으로 옮기던 중이었다. 구독자를 찾지 못한 신문 뭉치들이 사무실 한쪽 벽에 기대어 높다랗게 쌓였다. 정식이 고개를 돌렸다. 후지모토 순사가 요즘 기르기 시작한 콧수염을 쓰다듬으며 서 있었다.

"정식 씨, 당신이 민요 시인이오? 민요라, 민요……."

정식은 일손을 멈추고 책상 앞에 앉았다. 후지모토가 문학지를 구해서 읽었을 리 만무했다. 정식의 시집을 읽고서 그런 말을 할 리도 만무했다. 어디서 뒤늦게 주워들었으리라. 시집 『진달래꽃』은 독자들의 반응이 좋았다. 그 덕에 정식의 시에 대한 김기진八峰 金基鎭의 평론이 문단 일각에서 다시 회자했다. 김기진은 지난해 《개벽》(1925. 4)에 「현 시단의 시인」이란 평론을 발표했다.

> 김소월 씨—이 사람의 시인으로서 본령은 가벼운 민요적 서정소곡에 있지 아니한가 생각한다. (……) 시에 나타나는 것은 무엇보다도 조선 재래의 민요적 리듬과 그 부드러운 시골 정조이다. 이 이외의 아무것도 없다. (……) 따라서 그의 본령이 민요적 서정 시인에 있다 함은 망발이 아니다.

정식은 비평가들이 이젠 대놓고 자신을 민요 시인으로 부른다고 속으로 푸념했다. 몇몇 문인도 정식의 입장을 헤아리듯 김기진을 비난했다. 다행히 『진달래꽃』을 읽은 경성의 학생들로부터 적잖은 편지가 왔다. 짝사랑하던 여학생이 다른 남학생을 사귀자 실의에 빠진 남학생은 '심중에 남아 있는 말 한마디는 끝끝내 마저 하지 못하였구나'라는 시구를 빌려 자신을 한탄했다. 나빈은 여학생들 사이에서 좋아하던 남학생과 헤어지면 꽃잎을 밟는 의식이 유행한다고 전해 왔다. 정식은 이런 반응으로 위안을 삼는 중이었다.
"그래서 어떻다는 거요? 내 시집을 읽어보기나 했소?"

정식은 되레 김기진의 혹평에 자신을 얻어 대꾸했다. 후지모토가 제멋대로 정식의 앞 의자에 앉았다.

"실망했단 말이오. 민족시인이라 했으면 난관에 봉착한 우리 거래가 수월하게 풀렸을 것 아니오. 민족을 찾는 놈들은 장래 독립운동에 투신할 조짐이 농후하니까."

"나 같은 사람까지 독립운동을 한다면 조선 사람 모두가 독립운동가겠소."

후지모토는 요즘 2, 3일에 한 번꼴로 정식을 찾아왔다. 순사주재소에서 정식을 감시한다는 사실은 남시에서는 골목 꼬마들까지 알 정도가 되었다. 그것이 등에 꼬리표가 붙은 사람처럼 정식을 돋보이게 했다. 자연 주변 사람들은 위엄이 서린 어른이나 되는 듯 우대하거나 불량배나 되는 듯 기피했다. 후지모토는 거기에다가 네가 수락하지 않고 견디나 보자는 심보로 지치지 않고 1년 넘게 지속해서 부탁을 일깨웠다. 그런 태도를 보면 안 들어줘도 될 것 같기도 했고, 나중에 큰일이 생기지 않을까 근심이 일기도 했다.

"왜 몰락한 왕조를 못 잊는 민족시인처럼 뻬딱하게 노시오? 누이 좋고 매부 좋은 내 제안에 쌓인 먼저를 떨어낼 때가 되지 않았소?"

정식에게 다가온 후지모토가 장칼 자루로 책상 옆구리를 툭툭 쳤다.

"저기 쌓인 신문을 보시오. 구독자가 몇 안 된다고 하지 않았소."

"내가 구독자를 늘려주겠다고 하지 않았소."

"늘어날 것 같았으면 구성 사람 모두가 벌써 구독자가 되었을 거요."

"허허, 그놈의 자존심 때문에 내 각별한 후의를 거절하겠다는 말이로군. 그 좁쌀만 한 자존심을 이 후지모토 앞에서는 내세우지 마오. 이제 우리는 무엇이나 주고받는 동무가 되지 않았소?"

후지모토가 또 장칼 자루로 책상 옆구리를 툭툭 쳤다.

"좁쌀만큼이라도 자존심이 남아 있으면, 손해 보는 장사를 하고 있겠소?"

정식은 일어나 신문 뭉치 쌓는 일을 다시 했다.

"동무라고 했나요?"

문득 생각 난 듯 정식은 일손을 멈추고 후지모토를 바라보았다.

"그렇지 않고."

"그렇다면 동무를 생각해서 이만 돌아가 주시오."

후지모토가 쓴웃음을 머금었다.

"이리 비협조적으로 나오면 우리 좋은 사이에 건너기 힘든 강이 생기오. 배찬경 군의 경우처럼 말이오."

후지모토는 정식이 남시로 이사 온 이래 조선인 순사보를 데리고 와서 정식의 집을 여러 차례 수색했다. 하지만 정식을 문제 삼기에는 아직 애매한 눈치였다. 설불리 건드렸다가 더 골치 아픈 독립운동가로 변신시킬 가능성을 우려했으리라. 관계를 좋게 유지하면서 그 틈을 파고들겠다는 잔꾀를 쓰리라.

후지모토는 정식을 쩨려보다가 장칼을 덜렁거리며 밖으로 나갔다. 듣자 하니 일본인 순사들은 고을 수령이나 된 듯 행패가 자심했다. 후지모토로서는 여간 인내하지 않는 셈이었다.

## 14

 은은한 라일락 꽃향기가 대기에 흠뻑 스몄다. 바람이 목을 부드럽게 어루만졌다. 마당으로 나온 닭들이 라일락 나무 밑 탁자 앞에 앉은 두 사람 사이를 어슬렁거렸다. 배찬경의 아내가 차를 날라 왔다. 배찬경은 일본에서 배운 커피를 아직도 마셨다.

"근데 웬일로 우리 집에 납시었나?"

 그동안 서로 지내온 형편을 한가롭게 나누던 배찬경이 커피를 한 모금 입에 물면서 정식에게 물었다.

"부탁이 있네. 의주에 갈 일이 있다고 했지? 철산에 들러주게."

 정식은 두툼한 봉투를 배찬경에게 건넸다.

"뉘한테 전해줄까?"

"뉘긴?"

"뭔데?"

"돈."

 배찬경이 이해할 수 없다는 듯 정식을 쳐다보았다.

"내가 주었다는 말은 말게. 자네가 주는 것으로 하란 말이네."

배찬경은 요즘 드문드문 의주를 오르내렸다. 후지모토에게는 의주에서 학교 선생 자리를 알아본다고 둘러댔다고 했다. 대화 중에 무심코 흘린 말들을 조합하면, 만주에 있는 독립군 단체와 국내와의 연락책을 맡은 듯했다. 작은아버지가 만주 돈화에서 정미소를 운영하며 독립군 자금을 댄다니까 따지고 보면 배찬경이 적임자인 셈이었다. 술이나 마시던 긴 휴지기를 끝냈나 보았다.

"적은 액수가 아닌 것 같은데? 자네도 궁하면서……."

배찬경이 돈 봉투를 정식 앞에 내려놓았다.

동아일보사 지국 운영은 바라는 바대로 되지 않았다. 배찬경이 그만둔 뒤로 그 정도가 더욱 심했다. 구독자가 늘지 않는 것은 말할 나위 없고 그나마 보급된 신문 대금조차 제대로 수금되지 않았다. 정식은 어느덧 많은 돈을 탕진했다. 해야 할 일은 차츰 줄어들었고, 하지 않아도 될 걱정은 차츰 늘어났다. 자연 술에 취해 사는 날이 많아졌다. 수시로 남단동 본가를 찾아가서 손을 벌렸다.

"집안을 일으켜 세우라고 했더니 기둥을 뽑으려 드는구나."

할아버지는 버럭버럭 화를 냈다. 그래도 마지못해 몇 푼씩 마련해 주었다. 세월이 흘렀어도 금광 경영에 실패한 자괴감을 버리지 못한 까닭이었다. 기대할 것은 신학문을 배운 장손이라는 미련 또한 버리지 못한 까닭이었다. 정식은 지국 사무실 안에 가게를 차려 벽지 장사를 겸했다. 끝없는 추락의 서막이 열린 것 같아 급한 대로 아내의 종용을 받아들인 결과였다. 마침 사동의 손재주가 좋았다. 함께 나무판에 꽃잎이나 넝쿨, 나뭇잎 따위를 조각했다. 조각을 종이에 사방연속무늬 형태로 찍어 벽지를 만들었다. 그런 형편에 정식이 내민 돈은 귀한 돈임이 틀림없었다.

"병고와 생활고에 시달리는 누이의 처지가 내 처지처럼 오랫동안 마음을 괴롭혀 왔다네. 누이를 위해 할 수 있는 일이 이것밖에 없다네."

"허허, 오순이 이젠 지고지순, 순정, 사랑, 선함, 온갖 좋은 것, 소중한 것, 갖고 싶은 것, 아름다운 것, 그리운 것……, 뭐 그런 것들을 다 가진 인물의 대명사로 승화되었군."

"사실 나도 조금씩 누이를 잊어왔네. 누이가 애초에 그런 사람이기라도 했던 듯 좋은 점만 기억에 남아 있군. 자네도 자네 하고 싶은 일을 하잖아. 나도 내가 하고 싶은 일을 하는 걸세."

정식이 돈 봉투를 배찬경의 주머니에 넣어주었다. 가로막는 배찬경의 손을 억지로 제쳤다.

"상실은 삶에 익숙해지는 과정이라네. 이젠 오순을 온전히 지우게. 가정에 충실한 가장이 되게."

"사랑 속에는 무수히 많은 지고지순한 의미와 행동이 존재하지. 아무리 사소한 것일지라도 누군가에게는 일생을 바쳐, 목숨까지 바쳐 추구해야 할 가치가 있는 법 아닐까."

"이수일과 심순애도 나중엔 재결합하던데, 자네 기필코 오순을 둘째 아내로 데려올 셈인가?"

배찬경은 정식이 아내와 사이가 좋지 않다는 것을 알고 있었다. 재산이 있는 사람들은 관습에 따라 첩을 얻는 경우가 적지 않았다. 정식은 눈길을 먼 데로 돌렸다. 아내가 새삼스레 머릿속에서 깨어나자, 라일락나무 위에 얹힌 하늘에 돌연 먹구름이 끼는 기분이 들었다.

15

"입에서 똥물이 줄줄 나오도록 해줄까? 네 아비처럼 병신이 되도록 해줄까? 어서 대!"

 정식의 멱살을 잡은 조선인 순사보가 정식을 바닥에 패대기쳤다. 정식은 쓰러진 채 고슴도치처럼 몸을 웅크렸다. 몸은 폭력을 방어할 본능조차 잃어가고 있었다. 볼이 찢어져 몹시 따가웠다. 코피가 턱 밑으로 흘러내렸다. 허리 또한 몹시 아팠다. 주위 바닥에는 벽지를 만들 종이 뭉치가 무너져 짓밟혔다. 벽지에 찍을 인동무늬 조각판들도 여기저기 마구 흩어졌다. 책상 서랍의 내용물도 엉망진창으로 책상 위를 뒤덮었다. 신문 보급 공간이라기보다는 시나브로 벽지 제작소와 판매처로 전락한 지국 사무실에서 정식은 사환 아이와 함께 추석 대목을 준비하는 중이었다. 벽지는 연중 추석 무렵에 가장 잘 팔렸다. 순사보는 구둣발로 정식의 몸을 아무데나 차댔다. 보다 못한 사동이 뒷걸음질 쳐 밖으로 나갔다.

"네놈이 모르면 모르는 것 없다는 귀신도 몰라."

 후지모토 순사는 조금 전 몸종처럼 종종 데리고 다니는

순사보와 함께 지국 사무실에 나타났다. 다른 날과 달리 잔뜩 화가 난 것이 찌푸린 미간에 드러났다. 그러고 보니 배찬경이 의주로 떠난 지 벌써 넉 달이 지났다. 왜 이리 오래 머무는지 궁금했다. 언제나 그렇듯 배찬경은 정식에게 자기 행처나 용무를 말해주지 않았다. 적적하면 술이라도 한잔 나눌 양 누가 먼저라고 할 것 없이 찾아가 만났고, 그저 잘 있음을 확인할 뿐이었다. 돌아오지 않는 배찬경이 생각나면 그런 전례를 염두에 두고 궁금증을 삭였다.

"당신을 만난 직후 없어졌잖소."

후지모토는 배찬경이 정식과 무언가 긴밀히 논의했고, 정식이 배찬경이 하는 일을 죄다 알거나 같은 무리에 속한다는 의심을 버리지 못했다. 하지만 계속 감시해 왔고, 사무실을 샅샅이 수색했는데도 아무런 단서를 찾지 못했다. 이번에는 단단히 혼쭐을 내겠다고 작정했는지 순사보를 남겨두고 문밖 구경꾼들을 내모는 척하며 밖으로 나갔다. 순사보에게 궂은 역을 실행할 시간이 되었다고 암시하는 것임을 정식이 모르지 않았다.

"의주서 일자리를 잡지 못했으면 거기 갈 일이 더는 없을 텐데 왜 자꾸 가느냐고? 만주에 있는 삼촌이란 놈을 만나러 간 줄 다 알아. 초여름에 간 놈이 아직도 돌아오지 않았잖아."

이번에는 순사보의 발길질이 정식의 옆구리에 정통으로 맞았다. 정식은 크게 몸을 뒤척였다.

"어이, 살 여린 시인을 그렇게 무지막지하게 때리면 어쩌나."

느긋하게 동네나 한 바퀴 돌고 왔을 후지모토가 창문으로 사무실 안을 넘겨다보았다. 후지모토 뒤에 선 동네 사람들이 다시 발돋움하거나 고개를 빼서 힐끔거렸다.

"배찬경이란 놈은 너 보고 싶어서라도 다시 올 거다. 즉각 연락하라우. 네가 어떻게 맘을 먹느냐에 따라서 네 운명도 바뀌는 거야."

순사보가 엄포를 놓듯 발로 바닥을 힘껏 한 번 구르고 밖으로 나갔다.

"이게 무슨 일이래요."

다급한 발걸음 소리 끝에 아내의 목소리가 이어졌다. 사동이 이제야 아내를 데리고 돌아왔나 보았다.

"아빠!"

물기가 잔뜩 섞인 딸 구생의 목소리도 들렸다.

### 16

"말해보오. 뒤주에 있던 돈을 어쨌소? 순사가 돈까지 가져갔다고 하겠소?"

아내가 더는 참지 않겠다는 듯 벌컥벌컥 소리를 내질렀다. 평생 자기 의견을 드러내지 않고 살 사람이라고 정식은 여겼다. 요즘은 더는 앞으로 나아갈 수 없는 절벽을 만난 사람처럼 굴었다. 아내가 보기엔 정작 정식 자신이야말로 절벽을 만난 사람처럼 굴고 있다고 믿었나 보았다. 돈을 찾는답시고 바닥에 집어 던진 벽지 인쇄용 조각판들을 정식은 하나하나 주워서 제자리에 가져다 놓았다. 순사보에게 맞은 탓에 다리가 자꾸 휘청거렸다.

몸은 회복이 더디기만 했다. 의원은 골병이 들었다고 했다. 소식을 전해 들은 어머니는 아버지 김성도처럼 되지 않을까 노심초사했다. 맞은 데에 즉효라면서 똥물을 마실 것을 강권했다. 정식이 듣지 않자, 솔잎을 채운 병을 똥통 속에 넣어서 고이게 한 물을 직접 만들어 가져왔다.

철산에 돈을 보낸 뒤에도 정식은 본가에서 돈을 얼마간씩 변통할 수 있었다. 신문사에 신문 대금을 올려 보내면 정식만큼 약속을 잘 지키는 사람이 없다고 칭찬했다. 하지만 기어코 돈줄이 꽉 막혔다. 아내의 수중밖에 떠오르는 것이 없었다.

"그게 어떤 돈인 줄 아오? 아버님이 주신 돈뿐이 아니오. 여러 집에서 낸 도배지 선금까지 포함되어 있소. 아이들 추석빔 살 돈은 고사하고, 도배지 재료 살 돈까지 없앴으니 대목 장사를 어찌하겠소?"

옥화네 주막 외상 술값에 주위에서 꾼 돈도 자꾸 늘어났다. 그것이 또 이자를 쳤다. 술지게미와 쌀겨를 먹는, 머잖아 기어코 닥칠 신세가 눈앞에 그려졌다.

"그 일본 년한테 돈을 보낸 건 아니오? 그년이 가까이 있다면 찾아가 얼굴에 양잿물을 확 끼얹어도 시원찮겠소."

조각판을 치우던 정식은 문득 문밖 화단에 핀 연분홍빛 상사화를 발견했다. 오래전부터 거기 있었을 터였지만, 이제야 새삼스레 눈에 들어왔다. 들으나 마나 아는 말이며 옳은 말인 아내의 목소리를 귓전에 흘려들으며 상사화에서 눈길을 떼지 못했다. 잎이 돋아났을 때는 꽃이 피지 않고, 꽃이 필 때는 잎이 진 비운의 화초. 흔해서 아쉽지 않은 것들이 막상 요긴한 효용 가치를 가질 때는 사라져 버리는, 내 인생이 저것과 닮았구나.

17

정식은 광에서 쌀가마니를 정돈하다가 마당으로 들어오는 배찬경을 맞았다.
"어서 오게."
"웬 쌀가마닌가?"
정식은 배찬경을 마당가 장의자로 안내했다.
"아내가 도둑 집에서 찾아온 거라네."
"도둑을 맞았다는 말인가?"
정식이 고개를 끄덕였다. 아내는 장인에게 하소연한 끝에 햅쌀 한 가마를 얻어 왔다. 광에 둔 쌀가마니가 없어진 것을 새벽에 밥을 지으러 나갔다가 알아챘다. 논에 말려놓은 볏단까지 훔쳐 가는 세상이었다. 아내는 동이 터 오르는 고샅을 샅샅이 살폈다. 쌀알이 드문드문 길에 떨어져 있는 것을 마침내 발견했다. 겁이 난 도둑이 그것을 지우느라 벌써 빗질을 했다. 빗질이 상엿집 근처 외딴집까지 이어졌다. 되레 자신이 도둑임을 분명히 드러낸 꼴이 되었다.

"도둑이 좀 모자란 사람이야. 주재소에 신고하겠다는 아내를 겨우 말렸어."

"구생이 엄마는 어디 가셨나?"

"부엌에서 아이들을 목욕시키는 중이네."

은행나무가 샛노란 이파리들을 마당으로 우수수 떨구었다. 한기를 품은 바람이 이파리들을 울타리 부근 구석진 곳으로 몰아갔다. 이젠 한낮이라도 밖에 있기가 부담스러웠다.

"나 때문에 자네가 치도곤을 당했다는 말을 들었네. 미안하네."

"후지모토가 날 찾아온 게 차라리 반가웠다네. 자네가 무사하다는 소식을 가지고 온 것과 다름없었으니까."

"몸은 어떤가?"

"어느 정도 아물었네."

"앞으론 자네를 만나지 말아야겠어."

"자네가 돌아왔으니 더는 흉한 일이야 생기겠나."

"자네한테 해를 끼치는 게 너무 싫어."

배찬경이 정식의 손을 그러쥐었다.

"후지모토는 만났나?"

"어제 집에 도착하자마자 순사보를 앞세우고 찾아왔더군. 아직은 의심하는 정도에 불과해."

말과는 달리 배찬경의 얼굴에는 그늘이 짙었다.

"누이는 어떻게 지내던가?"

"사립문 앞에 서서 잠시 이야길 나눴을 뿐이네. 고향 사람이 찾아왔다 해도 남녀 사이 아닌가. 특별히 달라진 건 없는 것 같았네. 병색이 짙더군. 봉투를 받지 않아 앞에 던져놓고 도망치듯 왔네."

배찬경이 일어났다.

"애들 목욕을 끝낼 때가 됐네. 점심을 먹고 가게."

"구생이 엄마를 뵐 면목이 없네."

배찬경이 대문 쪽으로 절뚝절뚝 걸음을 옮겼다.

## 18

 해가 앞산 마루에 걸렸다. 산등성이를 지우며 구름 사이로 붉디붉은 빛을 쏟아내는 중이었다. 산마루를 넘어서려면 아직 시간이 남았다. 정식은 아침참부터 옥화네 주막에 죽치고 앉아 있었다. 옥화네가 자기 입던 치마를 가져다주어서 겨우 잠방이 차림의 아랫도리를 감쌌다. 점심으로 준 국밥을 마다하고 김치를 안주로 막걸리만 마셨다. 어젯밤 돈과 술 문제로 아내와 다투었다. 다툼은 여지없이 여자 문제로까지 번졌다. 아침까지 여진이 계속되었다. 정식이 마당 구석의 변소에 들른 사이 이불을 뒤집어쓰고 있던 아내가 아예 집을 나가라며 방문을 안에서 걸어 잠갔다. 동네 아낙들이 엿볼까 두려워 고개를 푹 숙이고 옥화네 주막으로 왔다. 결국 다시 술집으로 내몰린 셈이었다. 아내는 정식을 찾지 않았다. 당신이 가면 어디 가겠냐는 듯, 고생 좀 해보라는 듯. 어쩌다가 내가 이 꼴로 내몰렸을까.
 "고모, 시인은 술을 좋아하나 봐요."
 "너무 좋아해서 술값이 태산만큼 쌓인 게 흠이다."

옥화네가 주방 쪽에서 함께 안줏거리를 만들던 조카딸과 소곤소곤 나누는 말이 들렸다. 정식이 듣지 않도록 조심하는 듯했지만, 들으면 어떠냐는 배짱도 함께 담겼다. 누런 벼가 찰랑대는 너른 들 같았던 옥화네 마음 씀씀이가 된서리를 맞은 것처럼 성큼성큼 시들어갔다. 막 대하지 않는 것이 그나마 다행이었다. 옥화네가 마침 생각났다는 듯 조카딸을 꼬나보았다.

"술을 좋아하지 너를 좋아하는 건 아니니까 저 양반한테 관심 끊어라."

조카딸은 얼마 전부터 옥화네에서 기숙했다. 지난여름 태풍이 몰아치고 큰비가 내렸다. 가까운 대령강과 청천강뿐 아니라 대동강과 한강도 범람했다. 수많은 이재민이 발생해 나라가 시끄러웠다. 청천강이 지나는 안주에 사는 옥화네 동생 가족도 이재민 대열에 합류했다. 옥화네는 조카딸을 일시 거두어 허드레 일손으로 부렸다.

"어머! 무슨 말씀을 그리하시나요?"

"저 양반이 마시던 술잔을 가시지도 않고 네가 냄새를 맡았지? 내가 안 본 줄 알아?"

"고모, 말을 마구 지어내지 마시라요."

조카딸이 일손을 멈추고 눈에 힘을 주었다. 조카딸은 정식이 올 때마다 정식 주변에서 얼쩡거리고 유독 정식에게만 술을 따르는 등 안 해도 될 짓을 했다. 시인은 모두 순수한 인품을 가진 시 속의 주인공이라는 환상에 빠졌을까? 손님들이 다 가고 정식만 남았을 때면 정식이 들으라는 것처럼 정식의 시를 한두 구절씩 읊었다. 오래전부터 아는 처자가 아닐까 착각이 들도록 정식에게 스스럼없는 눈빛을 보냈다.

"이년아, 저 양반 치마 입고 앉은 꼴을 봐라."

옥화네가 조카딸을 꾸짖었다. 정식이 자리에 없다면 외상값을 등이 휘어지도록 짊어지고도 술만 처먹으면 헤벌쭉 웃는 인간이라는 말이 뒤따랐을지 몰랐다.

그래. 시인인 내가 술을 좋아하지만, 시가 술값을 대지는 못하지. 조금 지나면 아내에게 매 맞았다는 소릴 듣게 될 거야. 소녀야, 정신 차려라.

"지국장 양반, 얼른 집으로 가오. 손님들 올 시간이오."

옥화네가 조카딸과 대치하는 어색함을 얼버무리려는 듯 정식에게 말머리를 돌렸다. 가긴 가야죠. 옥화네가 집에 가서 아내를 달래주면 좋으련만. 바지라도 가져다주면 한숨 돌리련만.

19

"할아버지, 마지막 부탁이라니까요."

정식은 부탁을 들어주지 않으면 무슨 일이라도 낼 것처럼 다부진 목소리로 말했다. 그저 형편이나 아뢰어서는 원하는 바를 얻지 못하는 현실을 안 지 이미 오래였다. 아무리 반항하더라도 결과는 모두 할아버지 뜻대로 결정되었다. 할아버지는 예부터 지켜오던 관습과 규범에서 벗어나는 결정을 몹시 싫어했다. 금광 경영에 실패하고 나서 그런 경향이 더 완강해졌다. 할아버지가 눈길을 방문 밖으로 휙 돌리며 혀를 끌끌 찼다. 문밖에 있을 어머니가 나서서 정식을 데려가 주기를 바라는 듯했다. 성을 낼 필요조차 없다는 듯 큰소리조차 치지 않았다. 아버지를 묶어놓고 패대던 모습을 떠올리면, 화는 염원과 비례했다. 이번은 달랐다.

"제 몫만 다 주십시오. 더는 달라는 말씀 안 드리겠습니다.

맹세하겠습니다."

정식은 당연히 받아야 할 것을 달라는 것처럼 고개를 꼿꼿이 치켜들었다. 현실이 암담했다. 아무도 찾지 못할 세상 가장 후미진 곳에 콕 처박히고 싶은 심정이었다. 할아버지가 무엇이든 결정의 준거로 삼는 관습으로 보면 분가한 장손에게 재산을 배분하는 것은 할아버지의 당연한 의무였다. 이미 줄 만큼 주었다고 반박하면 재반박할 여지는 궁색했다. 그래도 정식은 대를 이을 장손이었다. 그런 기대에 목을 맨 자신이 죽도록 싫어도 어쩔 수 없었다.

"경성 중앙방송국으로 자리를 옮긴 김억 선생이 며칠 전 지나는 길에 잠시 들렸었다. 네 스승이라는 게 창피한 지경이 되었다고 하더라, 이놈아."

할아버지가 이 말만은 꼭 해야겠다는 듯 정식을 등진 채 입을 열었다.

"뭐라더라? 음, 그렇지. 요즘 네가 「돈타령」「저급 생활」「술과 밥」「옷과 밥과 자유」, 뭐 이따위 저급한 시나 쓴다더라. 순사 놈한테 당한 일은 차치하자. 내가 어찌해서 이런 민망한 꼴을 거푸 보게 되는지 모르겠다."

'네가 딱 하나 자랑할 것이 있다면 문학일 텐데, 그 아무 짝에도 쓸모없는 문학에서조차 그따위냐'는 힐난이었다. 김억은 정식을 위한답시고 정식이 쓴 시까지 거론하면서 정식에 대한 지원을 할아버지에게 은근히 당부했던가 보았다. 정식은 작품 발표를 김억을 통하지 않은 지 꽤 되었다. 잡지사나 신문사 관계자들과 어느 정도 교분을 텄다. 그런데 차츰 잡지사나 신문사의 원고 청탁이 없어졌다. 보낸 원고도 실어주지 않는 경우가 빈번해졌다.

정식은 근래에 쓴 시들을 기억 속에서 더듬어보았다.

있을 때에는 몰랐더니
없어지니까 네로구나


몸에 값진 것 하나도 없네
내 남은 밑천이 본심本心이라


있던 것이 병발이라
없더니편만 못하니라

가는 법이 그러니라

청춘 아울러 가지고 갔네


술고기만 먹으랴고

밥 먹고 싶은 줄 네 몰랐지


색씨와 친구는 붙은 게라고

네 처권 없을 줄 네 몰랐지


인격이 잘나서 제로라고

무엇이 난 줄을 네 몰랐지


천금산진千金散盡 환부래還復來는

없어진 뒤에는 아니니라

— 「돈타령」 부분


곤궁한 처지와 비관, 추악을 대중 앞에 고스란히 드러냈다. 시적 상상력이 돈과 생활이라는 장막 뒤로 불현듯 사라졌다. 부끄러웠다.

할아버지 곁에 앉은 할머니가 "다 내 탓이오"라고 중얼거렸다. 과거의 살가운 눈빛은 온데간데없었다. 할머니도, 어머니도 더는 정식의 편에 서지 않았다.

"이놈아, 술이 돈만 잡아먹으면 얼마나 좋겠느냐. 네놈 잡아먹고, 자식 잡아먹고, 집안까지 잡아먹어."

"신문사 지국 일은 그만둔 지 오래되었습니다. 앞으로는 착실히 가족을 돌보며 살겠습니다."

정식은 바위처럼 굳어진 할아버지의 마음에 계속 곡괭이질을 해댔다. 삶에 새로운 출구를 만들어줄 사람은 어제도 오늘도 할아버지밖에 없었다. 새로운 출구가 과연 행복한 미래로 연결될 수 있을지 불투명했지만, 어쨌든 아내와 어린 자식을 이끌고 그리로 내달릴 결심이었다.

"남시에 논밭을 사겠습니다. 그쪽 땅값이 여기보다 헐합니다. 고리대금업이 유망하다던데 논밭을 사고 남은 자투리 돈으로 그것도 해보겠습니다."

정식은 다부지게 말했다. 자기도 자신을 믿지 못하지만 믿어야 하기 때문이었다. 신문사 지국 경영을 실패로 마감하지 않았던가. 고리대금업이면 어때? 정식은 이를 악물었다.

할아버지가 정식을 향해 몸을 돌렸다. 상종할 대상이 안 되는 놈과는 마주 앉기조차 힘이 든 모양이었다. 그런 체념의 낯빛이 정식을 더욱 힘들게 했다.

"돌부처도 화를 내겠구나. 네가 집안을 일으켜 줄 것이라는 기대는 접었느니라. 백 번 천 번 부인했던 일이 현실화됐구나."

할머니가 밖을 향해 어머니를 불렀다. 마루에 서 있던 어머니가 문 안으로 얼굴을 내밀었다.

"더 분란 일으키지 말고 나오너라."

어머니의 얼굴에 답답함과 미움이 함께 비꼈다.

"제 청을 들어주실 때까지 집에 머물겠습니다."

그때 아버지 김성도가 어머니 뒤에 나타났다.

"정식아, 정식아."

아버지가 손을 까불렀다. 정식은 어머니에게 이끌려 사랑방을 나왔다. 정식이 뜰로 내려오자 이번에는 아버지가 정식의 손을 잡았다. 정식은 주춤주춤 아버지에게 이끌려 갔다. 안채 뒤 앵두나무 밑에 이르렀다.

"내가 여기에 조선 총독 부하 놈을 파묻었다. 이걸 파내 찬경이 삼촌에게 팔아서 술을 사 먹어라. 나도 좀 나눠주고."

앵두나무 낙엽 속에서는 일본 헌병의 계급장으로 짐작되는 노란 구리 조각이 삐쭉 고개를 내밀고 있었다.

6장  이별

1

"거짓말이지?"

정식이 비틀거리면서 물었다. 배찬경은 정식이 쓰러지지 않도록 곁에서 바짝 붙잡았다. 늦은 밤까지 순사주재소 창에서 비치던 불빛은 벌써 사라졌다. 정식과 배찬경이 막 나온 옥화네 주막의 불빛도 두 사람을 몰아내고는 툭 꺼졌다. 배찬경이 정식에게 싱거운 농담을 한 적은 많았어도 거짓말을 한 적은 없었다.

"자네 언구럭에 놀아나고 싶지 않아. 왜 거짓말이라고 말하지 못하지? 거짓말이니까 거짓말이라고 실토하지 못하는 거지?"

 배찬경은 대꾸하지 않았다. 정식과 마찬가지로 취했다. 몸을 가누지 못하는 정식을 지탱해 주는 데 열중할 뿐이었다.

 조금 전 옥화네 주막에서 배찬경은 오순이 병에 시달리다가 죽었다는 소식을 전했다. 오늘내일한다는 소식을 듣고 쫓아온 의붓어머니의 무릎을 베고서 눈을 감았다고 했다. 안주를 들고 오가던 옥화네 조카딸은 드문드문 귀동냥하며 얼굴에 진한 그늘을 드리웠다.

> 잊힐 듯이 볼 듯이 늘 보던 듯이
> 그립기도 그리운 참말 그리운
> 이 나의 맘에 속에 속 모를 곳에
> 늘 있는 그 사람을 내가 압니다
> 　　　　　　　 -「맘에 속의 사람」 부분

 오순은 이런 노래를 사그라져 가는 목소리로 부르다가 말다가 하다가 고작 서른넷을 넘기지 못한 채 떠났다고 했다. 오늘 낮에 배찬경이 오순네 친정 친척을 만나서 들었다고 했다. 언젠가 남산 옥녀봉에 올라 정식과 함께 부르던, 정식의 시에 오순이 떠도는 창가 곡을 붙인 노래를 불렀다는 대목에서 정식은 더욱 가슴이 미어졌다.

8년 전 나빈도 저세상으로 갔다. 스스로 그 길을 택했다.

  소월, 보게나.

  경성 학생들이 자네의 시 몇 편쯤은 줄줄 외고 다니더군. 시인으로서 이보다 더한 영광이 어디 있겠나. 제발 자네 정신 속에 깃들어 시를 주재하는 영감이 자네를 떠나지 못하게 꽉 붙들게나. 가난하면 가난한 대로, 슬프면 슬픈 대로, 기쁘면 기쁜 대로 진실을 잊지 말게나. 사악한 데에 해찰하지 말게나. 나는 기성 질서에 좌절하였네. 문학이 나를 등지고 저만큼 떠나가고 있네. 애타게 불러도 못 들은 척하네. 문학을 할 수 없으니 뭘 하겠나. 그래서 가네.

  소월, 마지막으로 부르는 이름이여, 안녕!

                                          도향 절

나빈의 편지를 읽자마자 정식은 나빈이 들락거린다는 동

아일보사 학예부로 전화를 걸었다. 나빈은 그동안 소설 「벙어리 삼룡이」「물레방아」「뽕」 같은 수작을 발표했다. 본능과 탐욕 때문에 갈등하고 괴로워하는 인간들의 모습을 객관적으로 묘사했다는 호평을 받았다.

"나빈을 설득해 주시오."

"이미……."

학예부 기자는 말끝을 흐렸다. 그러면서 내일 자 신문에 부고를 내보낸다고 덧붙였다.

순이 누이나 나빈 모두 갈망해도 성취할 수 없는 그리움을 화석으로 남기고 떠났다. 하늘이 거대한 바위로 변하고 그 바위의 무게를 정식 혼자서 지탱하고 있다는 느낌이 들었다. 정식이 가로수를 붙잡고 섰다.

"찬경이, 왜 거짓말이라고 실토하지 못해?"

정식이 허리춤을 풀고 오줌을 누었다. 배찬경이 오줌을 피하려다가 넘어졌다. 정식을 붙잡은 채여서 정식도 같이 넘어졌다. 정식의 오줌발이 허공으로 뻗쳤다. 정식은 먼저 일어난 배찬경의 부축을 받으며 겨우 일어났다. 그러고는 물기 축축한 목소리로 외쳤다.

산산이 부서진 이름이여!
허공중에 헤어진 이름이여!
불러도 주인 없는 이름이여!
부르다가 내가 죽을 이름이여!

심중에 남아 있는 말 한마디는
끝끝내 마저 하지 못하였구나
사랑하던 그 사람이여!
사랑하던 그 사람이여!

(……)

설움에 겹도록 부르노라
설움에 겹도록 부르노라
부르는 소리는 비껴가지만
하늘과 땅 사이가 너무 넓구나

선 채로 이 자리에 돌이 되어도

부르다가 내가 죽을 이름이여!

사랑하던 그 사람이여!

사랑하던 그 사람이여!

- 「초혼招魂」 부분

"정식이, 결심대로 악착같이 살게. 진통 때문에 생아편을 복용한다는 소문을 들었네. 순사보 놈한테 맞은 몸이 아직도 온전치 못하다지? 조심하게. 상용하면 그게 딴 세상으로 인도하는 급행열차 표가 된다네."

배찬경이 정식의 허리춤을 추슬러주었다.

"내가 왜 술을 마시고 아편을 하는 줄 아나? 세상이 죄다 미쳤어. 나만 어찌 멀쩡할 수 있겠나."

정식이 절뚝이며 걷는 배찬경의 어깨에 기대어 흑흑, 울었다.

2

 옥화네 주막 기둥에 걸린 호롱불이 주탁에 앉은 정식과 배찬경을 비추었다. 배찬경은 자꾸 밖을 곁눈질했다. 불안한 기색이 역력했다. 하지만 안이 밖보다 더 밝아 밖은 보이지 않았다.
 "내일 아주 떠나려네, 만주로."
 "아주? 만주로?"
 배찬경이 고개를 끄덕였다.
 "마침내 올 것이 왔나?"
 배찬경이 또 고개를 끄덕였다. 정식은 배찬경의 굳은 표정에서 결연한 의지를 읽었다. 오랜 모색과 준비가 비로소 모습을 드러낼 시간이 되었다는 암시 같았다. 애증을 함께 한 동무와 헤어진다는 서운함과 혹시 잘못되면 어쩌나 하는 두려움에 정식은 마음이 혼란스러웠다.
 "후지모토란 놈의 다리라도 분질러놓고 가고 싶지만, 가족들에게 미칠 화 때문에 참네."
 "아내와 애는?"

"본가에 가 있도록 했어."

"심순애를 차버린 이수일이 되겠단 말은 아니겠지?"

정식은 일부러 농담을 끼워 넣었다.

"다이아몬드 반지 때문에 차는 건 아니지만, 영영 헤어지게 되지는 않아야 할 텐데."

배찬경이 말끝을 흐렸다.

"그 많은 돈은 다 어떻게 했길래 나더러 꾸어달래?"

"난 돈 쓸 데가 없어서 걱정하는 사람이 아니잖나."

배찬경은 분가하면서 차지한 전답을 달포 전에 모두 팔았다. 그것이 본가에 알려져 큰 소동이 일었다. 할아버지와 아버지가 몽둥이를 들고 찾아와 배찬경을 때려죽이겠다고 펄쩍펄쩍 뛰다가 함께 드러누웠다. 후지모토는 그 돈을 만주의 독립군 단체에 무기를 사도록 기부했다고 의심하고 있었다.

"난 할아버지가 조금 떼어준 전답으로 근근이 연명하는 형편이야. 삼백 원이면 어미 소 서너 마리 값이야. 내게 그렇게 큰돈이 어디 있겠어."

"알아. 자네가 고리대금업까지 한다는 것도. 사방을 둘러봐도 갚을 기약이 없는 돈을 부탁할 사람은 자네밖에 없었네."

정식은 아무리 나라의 독립이 중요해도 아내 자식과 새출발할 각오를 무너뜨릴 수는 없었다. 토지 문서를 정식에게 내던지던 할아버지의 절망한 눈빛과 집안을 말아먹을 놈이라는 탄식이 머릿속을 휘저었다.

"열성이 말썽이 될 일일랑 당최 하지 않을 작정이야. 이 심란한 세상, 나도 정말 이악스럽게 살 거야."

정식의 표정이 자못 냉정했다.

"자넬 원망하지 않겠네."

배찬경은 자신은 이악스럽지 못하더라도 정식은 그래야 한다는 듯 말을 받았다. 하지만 목소리에 힘이 빠졌다. 배찬경이 풀어놓은 목도리를 찾아 목을 여몄다. 주탁을 딛고 일어섰다.

"언제 또 만나게 될지……."

배찬경이 악수를 청했다. 정식은 작별을 덥석 수긍하고 싶지 않았다. 따라 일어서지도 않고, 손을 맞잡지도 않았다. 배찬경이 손을 거두고 절뚝이며 주막을 나갔다. 정식은 배찬경에게 눈길조차 주지 않았다.

오순과 나빈이 각각 떠올랐다. 오순과의 약속을 지키지

못했다. 나빈의 뜻을 따르지 못했다. 할아버지와 김억도 어른거렸다. 집안을 일으키지 못하고 돈장사로 전락했다. 시로 민족 정서를 널리 펴서 일제에 맞서는 힘으로 삼도록 하겠다고 다짐해 왔지만, 건방을 떤 것에 지나지 않았다. 인제 배찬경과의 우정까지 배신이란 마무리를 앞두었다. 과거를 지울 수만 있다면 모조리 지우고 싶었다. 옥화네 조카딸이 주탁의 그릇을 치울 때까지 정식은 멀뚱히 자리를 지켰다.

### 3

어둠이 가시지 않았다. 바람이 심하게 불고 눈이 휘몰아쳤다. 정식은 눈보라를 피해 몸을 잔뜩 웅크리고 걸었다. 먼 데서 마주 오는 사람이 우련하게 보였다. 간격이 좁혀지자 상대의 모습이 점점 뚜렷해졌다. 두꺼운 동복을 입고, 큰 가방을 멜빵으로 묶어 등에 졌다. 가방 때문에 평소보다 심하게 몸을 기우뚱거렸다.

두 사람은 너덧 걸음을 사이에 두고 멈춰 섰다.

"아침은 먹었어?"

정식이 먼저 말을 건넸다.

"고맙네. 쓸쓸히 떠나지 않게 해줘서."

"어디로 해서 가나?"

"운산, 북진을 지나 수풍에서 압록강을 건널까 하네. 여의치 못하면 혜산진에서 건너든지."

"그 몸으로 걸어서?"

"그럴 수밖에."

"이걸 넣고 가게."

정식이 신문지에 싼 것을 내밀었다. 배찬경이 무엇인지도 모른 채 받았다. 정식이 돌아서서 배찬경과 같은 방향으로 걸었다.

"뭐야?"

"이제 내게 필요 없는 것이네."

"돈?"

조금 전 정식은 뒤주에서 돈을 또 꺼냈다. 뒤주를 안방에 옮겨놓고 자물쇠를 채웠지만, 열쇠를 어디에다 두는지 눈여겨 두었다. 아내는 아랫목에서 젖먹이 아들 정호를 껴안고 곤히 잠들어 있었다.

"자네만은 배반하지 못하겠네."

"자네도 어렵다면서. 암튼 근심을 덜었네. 근데 왜 돈이 필요 없다는 말을 하지? 갑자기 횡재했을 리는 없고."

"나도 먼 데로 떠날 작정이네."

"어디로? 나랑 같이?"

배찬경은 그럴 리가 없다는 것을 알면서도 그저 해보는 말로 정식의 말을 받았다. 설령 만주로 따라간다고 해도 막았을 터였다.

"이 세상이 지긋지긋해. 내 삶은 위선과 실패의 연속이었어. 사랑했지만 사랑이 시키는 대로 하지 않았어. 배웠지만 배운 대로 하지 않았어. 가졌지만 베풀지 않았어. 의무를 잔뜩 짊어졌지만 방일했어. 지금은 그저 부끄럽기만 하다네."

"이상을 추구하는 시인은 부조리한 현실과 불화하며 사는 법이라네. 그렇다고 내가 찾을 수 없는 너무 먼 곳으로 가진 말게."

마침 갈림길에 다다랐다. 정식이 악수를 청했다.

"조심해서 가게."

배찬경이 정식의 손을 마주 잡았다.

"정식 씨, 이 몸은 드디어 뜻을 펴려 광야로 간다네. 부디 변심치 말고 조국을 지켜주게."

배찬경이 무거운 분위기를 견디기 어려운 듯 신파조로 작별 인사를 건넸다.

"꼭 독립을 이루고 돌아오게."

정식이 히쭉 웃었다.

"절망 뒤에는 용기가 온다네. 힘내자우."

배찬경이 북쪽 길로 걸음을 떼었다. 정식은 기우뚱기우뚱 걷는 배찬경의 뒷모습을 망연히 바라보았다. 배찬경이 몇 걸음 옮기다가 멈춰 섰다. 고개를 갸웃하며 정식 쪽을 바라보았다. 정식이 어서 가라고 손을 흔들었다. 배찬경이 다시 발걸음을 떼었다.

4

울타리 너머로 보이는 집 안은 어둠과 적막에 휩싸였다. 할아버지가 늦게까지 책을 읽곤 하던 사랑채에서도 아무런 기척이 없었다. 헛청 처마 밑에 수북이 쌓여 있던 장작더미도, 그 옆 빈터에 집채만 하게 자리 잡았던 짚가리도 보이지 않았다. 농사 규모가 현격히 줄었다. 새경을 줄 수 없게 되자 20년 가까이 함께 살던 머슴 팔복이도 떠났다. 앙상한 나뭇가지들과 정식의 두루마기가 바람에 맞서는 소리만 고요를 깨뜨렸다.

우두커니 서서 집 안을 넘겨보던 정식은 고개를 깊이 숙였다. 할아버지 내외와 부모님에 대한 작별 인사를 그렇게 대신했다. 집에 들어갈 마음은 애초에 없었다. 어른들에게 연거푸 초라한 꼴만 보여주는 것이 싫었다.

돌아서서 걸음을 옮기다가 진흙이 묻은 구두를 잔설에 털었다. 산길을 오르내리며 몇 번이고 마른 풀과 잔설에 비벼 댔는데도 진흙이 구두 밑바닥에 두툼하게 붙었고, 적잖게 구두 안으로까지 딸려 들어왔다. 양말까지 젖어 질척거렸다. 두루마기 또한 여기저기 진흙이 묻었다.

선산에 있는 증조할아버지 내외의 묘소에 다녀오는 길이었다. 영혼은 찾아오는 후손들을 언제나 기다린다고 했다. 소원을 들어주기 위해서. 정식은 묘소 앞에 무릎을 꿇고 매질을 기구祈求했다. 절대 화를 참지 마시라. 절대 용서하지 마시라. 용서해서 저를 현재 삶에 묶어두지 마시라. 제발 과거와 끈질기게 이어진 현재가 아니라 현재와 완벽히 단절된 미래를 열어주시라. 극장 안에 불이 꺼지면 완전히 딴 세계의 그림이 펼쳐지는 것처럼.

구두를 대충 턴 뒤 정식은 다시 걷기 시작했다. 올 때처럼 돌아갈 때도 밤새 걸어갈 작정이었다. 동구 밖으로 나가는 다리에 다다랐다. 그날은 삼현육각을 앞세우고 백마를 타고 이 다리를 건넜다. 인제 이 다리는 다시 돌아오지 못할 다리가 되고 말리라. 언 내에 잔설을 인 얼음이 어슴푸레 보였다. 그날 저 내에서는 오리들이 어깨를 앞세우며 앞으로 앞으로 나아갔다. 나도 눈 감고 귀 막고 앞으로만 나아갔더라면……?

다리를 건너자, 남산 위에서 별똥별이 하늘을 갈랐다. 가까운 데서 개가 컹컹 짖었다.

5

호롱불이 책상을 비췄다. 정식은 얼마 후면 남의 손에 넘어갈지 모르는 자기 집 서재 책상 앞에 홀로 앉아 편지를 썼다. 잉크에 살얼음이 지도록 추웠다. 아내는 초저녁에만 불을 때고 그 뒤에는 추워도 군불을 지피지 않았다. 잔소리하는 것조차 지친 듯 정식에게 아무 말 하지 않았다. 말 없는 말이 쌓이고 쌓여 무슨 말을 하는지 정식은 명확히 알았다. 잉크를 찍은 펜촉에 입김을 불어 살얼음을 녹였다.

 김억 선생님, 산촌에 온 지 십 년이 지났습니다. 산천은 변함이 없건만 제 삶은 아주 그른 곳으로 흘러갔습니다. 세상이 저를 버리고 혼자서 달아났는지, 제가 세상을 따라가지 못했는지 분명치가 않습니다. 가족 모두 제게 입을 닫았습니다. 근처만 가도 얼어붙을 지경으로 싸늘한 냉기를 느낍니다. 선생님께서도 곁에서 저를 지켜보셨다면 다름없었을 것이라고 믿습니다. 선생님께서 가르쳐주신 길을 놔두고 길 아닌 길로 들어섰습니다. 독서도, 시작詩作도 할 염을 잃었습니다. 그저 다시 잡기 힘든 돈만 풀풀 날려 보냈습니다. 앞날에 어떤 궁금증도, 소망도 갖지 않은 사람이 되었습니다. 뻔한 것은 기다리면 되니까요.

정식은 어둠을 응시하며 한숨을 내쉬었다. 기왕에 시랍시고 써놓은 글을 편지 뒷부분에 옮겨 적었다.

살아서 그만인가, 죽으면 그뿐인가,
살죽는 길어름에 잊음바다 건넜던가,
그렇다 하고라도 살아서만이라면 아닐 줄 압니다

살아서 못 죽는가, 죽었다는 못 사는가,
아무리 살지라도 알지 못할 이 세상을,
죽었다 살지라도 또 모를 줄로 압니다

이 세상 산다는 것, 나 도무지 모르갔네
어데서 예 왔는고, 죽어 어찌 될 것인고
도무지 이 모르는 데서 어쩨 이러는가 합니다

(……)

슬픔과 괴로움과 기쁨과 즐거움과

사랑 미움까지라도 지난 뒤 꿈 아닌가!
그러면 그 무엇을 제가 산다고 합니까

꿈이 만일 살았으면 삶이 역시 꿈일께라!
잠이 만일 죽음이면 죽어 꿈도 살은 듯하리
자꾸 끝끝내 이렇다 해도 이를 또 어찌합니까

살았던 그 기억이 죽어 만일 있을질댄
죽어 하던 그 기억이 살아 어째 없습니까
죽어서를 모르오니 살아서를 어찌 안다고 합니까
— 「생生과 돈과 사死」 부분

김억 선생님, 앞으로 저로 인해 혹 눈살을 찌푸리실 일을 보시게 되거든 부디 저를 용서하지 마십시오.

정식 올림

정식은 펜을 필통 위에 놓았다. 편지를 접으며 다시 한숨을 쉬었다.

에필로그

# 1

**1934년, 평안북도 구성군 서산면 남시**

 정식의 아내가 옷매무새를 가다듬으며 잠자리에서 일어났다. 밤새 휘몰아치던 강풍이 잦아들고 아침 해가 창호지를 바른 창문에 넘실거렸다. 정식은 이불을 덮지 않고 두루마기를 입은 채 잠든 듯 벽에 기대 비스듬히 누워 있었다. 술 마시고 늦게 들어와 아무렇게나 쓰러져 자곤 한 지 오래되었다. 머리맡에 떨어져 있는 손바닥만 한 흰 종이가 눈에 띄었다. 문득 오래전부터 남편이 지니고 다니던 생아편이 떠올랐다. 순사보에게 맞은 이후 진통제로 복용하기 시작한 것이었다. 다 낫고도 궂은 날엔 뼈가 쑤신다면서 지나칠 정도로 챙겨 다녔다. 협박성 시위를 겸해 집착하는 정도로만 여겼다. 그런저런 비정상적인 태도가 남편에게는 정상이라고 할 정도로 일상화되다시피 해서 빼앗지 않았다. 고분고분 내줄 사람도 아니었다. 아내는 시댁으로 들어갈지, 친정으로 들어갈지 궁리를 거듭하고 있었다. 남편의 얼굴을 들여다보았다. 입에서 검은 약물이 흘러나와 입꼬리에서 말라붙었다. 갑자기 가슴이 벌렁벌렁 뛰었다. 다가가 남편을 흔들어 깨웠다. 몸 전체가 나무토막처럼 뻣뻣하게 움직였다. 코에 손바닥을 대보았다. 귀도 대보았다. 숨을 쉰다는 느낌이 전해지지 않았다. 저고리를 헤쳤다. 가슴에 손을 넣었다. 싸늘했다.

아내는 남편의 가슴에 머리를 묻었다. 어깨를 들썩이며 흐느꼈다.

"정호 아빠!"

정호가 깨어나 영문도 모르는 채 따라 울었다. 그 소리에 준호도 깨어나 눈을 비볐다. 옆방에서 구생이 데리고 자던 딸

들도 방 안으로 얼굴을 들이밀었다. 모두 덩달아 함께 울었다. 울음소리가 새벽 고샅을 통해 마을로, 들로 번져나갔다.

2

1934년, 경성

남산 중앙방송국 사무실로 막 출근한 김억이 직원들과 인사를 나눴다. 자기 자리로 가서 창문 커튼을 젖혔다. 소나무 숲이 보이지 않았다. 하얀 성에가 유리창을 꽉 채웠다. 난로에 손을 녹이고 책상 앞에 앉았다. 수위실에서 방금 집어 온 신문(12월 26일 자)을 펼쳤다. 신풍속으로 자리 잡기 시작한 크리스마스 후일담 기사가 지면을 반 넘게 차지했다. 여기저기 훑어보다가 한 지점에서 눈동자를 키웠다.

그제 시인 김소월 씨 돌연 별세
평안북도 구성군 서산면 자택에서

김억은 김소월이란 시인이 누구인가 곰곰이 생각했다. 소월은 오직 한 사람뿐이라는 사실을 아는 까닭에 이 상황이 언뜻 수긍되지 않았다.

소월의 시 한 편이 추모 형식을 빌려 부음 밑에 실렸다.

'가고 오지 못한다'는 말을
철없는 내 귀로 들었노라,
만수산을 나서서
옛날에 갈라선 그 내 님도
오늘날 뵈올 수 있었으면

나는 세상모르고 살았노라
고락에 겨운 입술로는
같은 말도 조금 더 영리하게
말하게도 지금은 되었건만
오히려 세상모르고 살았으면

'돌아서면 무심타'는 말이

그 무슨 뜻인 줄을 알았으랴

제석산 붙는 불은 옛날에 갈라선 그 내 님의

무덤엣 풀이라도 태웠으면

- 「세상모르고 살았노라」 전문

"헛! 헛!"

김억이 외마디 소리를 내질렀다. 직원들이 김억에게 고개를 돌렸다. 김억은 아랑곳하지 않고 전화기가 있는 총무과로 내달렸다.

"동아일보사 학예부 좀 대주시오."

수화기에서 목소리가 새어 나오자 다급히 물었다.

"소월 말이오. 오늘 기사가 맞소?"

김억은 대답을 듣고 전화기를 든 채 멍하니 서 있었다.

3

1935년

해가 보신각 너머로 사라졌다. 바짝바짝 붙여 지은 건물들 사이로 난 골목길에 기다렸다는 듯 매서운 바람이 몰아쳤다. 가까운 곳에 있는 목조건물의 양철 처마가 삐거덕삐거덕 몸부림쳤다. 관철동 백합원을 향해서 터벅터벅 걸어가던 김억은 마침 술집 미닫이문을 열고 나오는 소설가 김동인을 보고 걸음을 멈추었다.

"발기하자 해서 단체로 종삼(종로3가 술집 거리)에 가서 그걸 세워보자는 줄 알았지요."

김동인이 김억을 보자 농담을 건넸다.

"많이 취했네그려."

"술발, 눈물발이라도 세워보자고 지용이, 팔양이와 함께 한잔했습니다."

시인 정지용과 박팔양이 어깨동무를 하고서 김동인이 나온 술집 문밖에 고개를 내밀었다.

"소월 아내가 임신 중(넷째 아들 洛鎬)이라는군요. 아아아! 어찌 이럴 수가."

"우리 문단의 촉망을 한 아름 안은 젊은 동무가 노인들의 고집에 무너졌습니다요. 도향(나빈)이처럼."

정지용과 박팔양이 괴로워 못 견디겠다는 표정을 짓고서 김억에게 인사를 했다. 김억은 대꾸하지 않았다. 모두가 아는 사실을 구태여 말로 옮겨서 괴로움을 가중하고 싶지 않았다. 네 사람은 함께 백합원으로 걸음을 옮겼다.

 백화원 현관에는 '고 김소월 추도회장'이라고 쓴 현판이 바람에 맞서고 있었다. 옆에서는 사람들이 줄지어 서서 방명록에 서명하는 중이었다. 김기림, 김동환, 이광수, 이은상, 유도순, 박종화 등이 보였다. 김동인, 박팔양, 정지용, 김억과 함께 추도회 발기인에 이름을 올린 문학인들이었다.

 안으로 들어서자 문학인뿐 아니라 적잖은 언론인들과 독자들이 입장해 있었다. 서로 수인사를 나누었지만, 누구도 정식의 사인死因을 화제 삼지 않았다. 부음이 실린 이후 충분히 까닭을 캐고 귀를 세운 결과였다.

 장내가 정리되자 식이 시작되었다. 이내 김억도 단상에 올라섰다.

"한창 젊은 몸으로 발휘할 수 있는 모든 재능을 보여줄 수 있었거늘, 그만 검은 운명의 손이 아닌 밤중에 돌개바람 모양으로 우리의 기대 많은 시인 김소월 군을 무참히 꺾고 말

았으니……. 고작 삼십삼 년을 살다 가려고…….''

이곳저곳에서 흐느끼는 소리가 들렸다. 김억 또한 끝내 추도사를 마치지 못하고 울었다. 대중의 눈물 속에서 김동인, 이병기, 모윤숙이 추도사를 이었다.

　　　　이 풍진風塵세상을 만났으니 너의 희망이 무엇이냐

좌중에서 누군가 일어나 비탄조로 노래를 불렀다. 한창 유행하는 〈희망가〉였다.

　　　　부귀와 영화를 누렸으면 희망이 족할까
　　　　푸른 하늘 밝은 달 아래 곰곰이 생각하니
　　　　세상만사가 춘몽 중에 또다시 꿈 같도다

몇몇이 따라 불렀다.

　　　　이 풍진세상을 만났으니 너의 희망이 무엇이냐

모인 이들이 모두 합창했다.

> 부귀와 영화를 누렸으면 희망이 족할까
> 담소화락談笑和樂에 엄벙덤벙 주색잡기酒色雜技에 침몰하랴
> 세상만사를 잊었으면 희망이 족할까

마침내 합창은 노래인지 울음인지 알 수 없는 소리로 변했다.

| 김소월 연보 |

1902년(1세)   음력 8월 6일 아버지를 김성도金性燾, 어머니를 장경숙張景淑으로 하여 평북 구성군 서산면 왕인동 소재 외가에서 태어났다. 본가는 평북 정주군 곽산면 남단리 569번지였다. 본관은 공주公州. 이름은 정식珽湜으로 지었으나 뒤에 정식廷湜으로 고쳤다. 어린 시절에는 갓 태어난 자라는 뜻의 '갓놈'으로 불렸다.

1909년(8세)   곽산면 남단리 소재 남산학교(초등학교 과정, 4년제)에 입학했다.

1911년(10세)  남산학교 서춘徐椿 선생님 댁에서 오순吳順을 처음 만났다.

1913년(12세)  남산학교를 졸업했다.

1915년(14세)  오산학교(중학 과정, 4년제)에 입학했다.

1916년(15세)  평북 구성군 서산면 평지동에 사는 홍시옥洪時玉의 딸 홍순단洪順丹(뒤에 洪尙一로 이름을 바꿈)과 결혼했다.

**1919년(18세)**   2월 장녀 구생龜生이 태어났다. 오산학교 학생으로 3·1운동에 참가했다. 오산학교를 졸업했다.

**1920년(19세)**   2월 《창조》 5호에 「낭인浪人의 봄」 등 5편의 시를 발표했다. 이때부터 소월素月이라는 필명을 썼다. 《학생계》에 산문 「춘조春朝」를 응모하여 '지地'로 입상했다.

**1921년(20세)**   1월 《학생계》에 「이 한밤」 등 2편의 시를 응모하여 '천天'으로 입상했다. 4월에서 6월 사이에 《동아일보》 학생문예에 많은 시를 발표했다. 차녀 구원龜媛이 태어났다.

**1922년(21세)**   4월 배재고등보통학교 5학년에 편입했다. 《개벽》에 「금잔디」 등 40여 편의 시를 발표했다.

**1923년(22세)**   1월 장남 준호俊鎬가 태어났다. 3월 배재고보를 7회로 졸업했다. 4월 일본으로 건너가 도쿄상과대학에 응시했으나 합격하지 못했다. 10월 간토대지진이 일어나 조선인 학살이 횡행하자 귀국했다.

| | |
|---|---|
| **1925년(24세)** | 4월 차남 은호殷鎬가 태어났다. 처가가 있는 평지동으로 분가했다. 자택 인근 구성군 서산면 남시에 동아일보사 구성지국을 설치하고, 지국장으로 일하기 시작했다. 12월 첫 시집 『진달래꽃』을 매문사에서 출간했다. |
| **1927년(26세)** | 3월 경영난으로 동아일보사 구성지국을 폐쇄했다. |
| **1932년(31세)** | 4월 3남 정호正鎬가 태어났다. |
| **1934년(33세)** | 12월 24일 남시 자택에서 스스로 생을 마감했다. |
| **1935년** | 1월 28일 경성(서울) 종로구 관철동 소재 백합원에서 소월 추도회가 열렸다. 김기림, 김동환, 김억, 이광수, 이은상, 유도순, 박종화, 박팔양, 정지용이 발기했다. 백여 명이 참석했다. 6월 4남 낙호洛鎬가 태어났다. |
| **1981년** | 정부는 예술 분야에서 대한민국 최고 훈장인 금관문화훈장을 추서했다. |

| 작가의 말 |

 백 년 전 발표된 소월의 시가 여전히 애송된다. 여전히 독자의 심금을 울린다. 위대한 민족시인의 지위가 굳건하다.
 하지만 소월의 생애를 제대로 아는 이는 적다. 삶의 편린들만 떠돈다. 소월의 생애 전반을 다룬 책이 의외로 찾기 어려운 탓이다. 김영삼 시인이 지은 『소월 정전』(성문각, 1961)과 소월의 작은어머니 계희영이 지은 『약산 진달래는 우련 붉어라: 김소월의 생애』(문학세계사, 1982)가 있지만, 모두 출간된 지 오래다. 구하기도 어렵다. 김학동 교수가 지은 『김소월 평전』(새문사, 2013)은 일반 독자의 접근이 어려운 연구서에 가깝다.
 몇 년 전 저명한 영화인과 소월의 삶을 영화화하는 이야기를 나눴다. 내게 시나리오를 쓸 기회가 주어졌다. 소월의 모교인 오산중학교 교장을 지낸 윤효 시인과 소월 시 연구로 박사 학위를 받은 조연향 시인을 통해 자료를 모았다. 시나리오를 쓴 김에 소월의 생애 전반을 소설화하는 작업에 착수했다.

  소월의 행적에는 여러 이설이 있다. 계희영의 『약산 진달래는 우련 붉어라: 김소월의 생애』는 가족의 관점에서 쓴 책이라서 일부 의도적 미화가 의심됐다. 이 소설에서는 김영삼의 『소월 정전』을 충실히 참고했다. 소월과 함께 삶을 누렸던 가족과 친지를 취재했고, 소월 사후 가장 먼저 쓰였다는 장점이 돋보였다. 여기에 다른 전작들에 소개된 행적들을 보태고, 소월의 연대기를 따라가면서 나름 상상력도 발휘했다. 그렇게 하여 소월 삶과 시의 주제가 되는 그리움과 사랑, 항일과 독립운동을 중심에 둔 소월의 생애와 개성을 복원하고자 했다. 다만, 소설이라는 관점에서 창작된 에피소드들이 구체적 사실史實과 일부 다르다는 흠을 면키 어렵다.

  소월의 고향은 평안북도 정주다. 아내와 유가족들이 그곳에서 한국전쟁 전까지 살았다. 지금 그 후손들이 살고 있을 것이다. 일본에서 귀국한 뒤 소월은 처가가 있는 평안북도 구성으로 이사했다. 죽어서는 구성의 왕릉산에 묻혔다. 이러한 활동 무대가 남쪽 땅에 있었더라면 시비도 세우고 생가도 복원하고 문학관도 지었을 것이다. 북한 문학 출판물과 교과서에 소월이 언급된 적은 있지만, 내세우는 시인의 자리에서는 멀리 밀려난 듯하다. 안타깝다.

1990년대 말과 2000년대 초에 나는 몇 차례에 걸쳐 소월의 자취가 담긴 북한의 일부 지역을 둘러보았다. 시 「진달래꽃」의 소재가 된 영변의 약산을 청천강 변에서 올려다보았고, 시 「산유화」의 소재가 된 묘향산에 올랐다. 소월이 여행 중 들른 구장의 용문산, 평양의 대동강 주변 등도 찾아보았다. 소월을 목적으로 한 여정이 아니어서 소월의 흔적을 좇는 일은 단지 내 눈과 생각의 작용에 머물렀다. 그래도 이 경험이 소월 속으로 한 걸음 더 깊이 들어가는 데 큰 도움을 주었다.

출간에 도움을 주신 분들과 '책만드는집'에 감사 인사를 드린다.

2025년 여름
이정